"아, 시, 신자부로."
히데아키는 겨우 살짝 입술을 떼고
미지의 쾌락에 헐떡였다.
요괴의 연회

요괴의 연회

Bunge Maruki

요괴의 연회

목 차

요괴의 연회 005

후기 195

화보 · 본문 일러스트 사마미야 아카자
옮긴이 심이슬

요괴의 연회

요괴 같은 도련님

쿠라마 신자부로는 사그라들지 않는 짜증과 분노에 신음하고 있었다.

약관 25살에 검의 달인이 되고, 백 년에 한 명 나오는 천재라 명성이 자자한 이 내가 어째서 약하고 교만한 데다 군주의 그릇을 지니지 못한 그 셋째 도련님의 시중을 들어야만 하는가?

타고난 거친 성품과 보통 사람과는 다른 힘을 가진 신자부로는 12살 때 이미 육체가 완전히 완성된 상태였으며, 부친인 노부타카에게 부탁하여 관례(冠禮) 전에 첫 출진을 나가 눈부신 활약을 보인 호걸이다.

지금은 키가 6척 남짓까지 자랐으며, 어떤 무기를 잡아도 혼자

몇천 명의 적을 상대할 수 있었고, 전장에 서면 그 모습만으로도 졸병들이 도망칠 정도로 기개가 있어서 부친인 노부타카도 아들의 무용을 자랑스러워했을 터.

“신자부로. 너는 내일부터 히데아키 님을 모시도록 해라.”

노부타카가 그렇게 명령했을 때, 신자부로는 자신의 귀를 의심했다. 미노노쿠니[1)]의 영주인 무사 집안 후지요시 가문의 당주 히데이에의 삼남인 히데아키는 유일한 본처의 아들이다. 하지만 몸이 약하여, 이미 관례를 치렀음에도 아직 첫 출진도 하지 못해서, 평소에 가신들한테서도 완전히 잊혀진 존재였다.

“아버님, 어, 어째서입니까?”

“모리카츠 님이 직접 지명하셨다. 널 기개 있는 남자라고 기대하신 거다. 삼남이라고는 하지만, 히데아키 님은 유일한 본처의 아들. 그 점을 의식하고 잘 모시도록 해라.”

사이토 모리카츠는 후지요시 가문의 중신 중 한 사람으로, 노부타카와는 선대 히데츠구의 대부터 오랫동안 후지요시 가문을 함께 지탱해온 사이이다. 그런 그가 히데아키를 지키는 역할을 맡았으나 젊은 도련님의 억지스러운 성격 때문에 시중을 드는 가신들이 잇달아 도망쳐버려 고생하고 있다는 이야기는 익히 들어 왔지만 설마 자신이 희생양이 될 줄이야. 신자부로는 분함에 이를 갈았다.

노부타카는 아들의 속상한 마음을 잘 아는지, 애처로운 표정을 짓고는 다정한 목소리로 말을 걸었다.

---

1 미노노쿠니: 과거 일본의 율령국가 중 하나.

"잘 들어라, 신자부로. 넌 저번 전장에서 입은 상처도 있다. 평소에 도련님을 경호하는 기마 장수는 책임이 좀 무거운 역할이니 마침 잘됐어. 다음 전쟁까지 완전히 치유되도록 몸조리해야지."

"……네, 아버님."

'이런 상처 따위….'

신자부로는 마음속으로는 침을 뱉었다. 저번 전장에서 칼에 베인 어깨의 상처로 인해 끔찍한 흉터가 남긴 했지만, 검을 휘두르는 데는 조금도 불편하지 않았다. 신자부로는 그 밖에도 크고 작은 상처가 무수히 많았다. 칼에 베인 작은 상처 따위는 아무런 문제가 되지 않았다.

오히려 이건 적의 호걸이라 불리는 우악한 무사를 무찔렀을 때 생긴 명예의 상처였으며, 그렇기에 신자부로는 피를 흘리면서도 의기양양하게 돌아온 것이다. 주군인 히데이에도 대놓고 신자부로를 칭찬했다. 녹봉도 백 관이나 받았다. 노부타카의 명령은 히데이에 직속 정예부대에라도 들어가라는 내용이라 예상했는데, 그야말로 마른하늘에 날벼락이었다.

'어째서 내가 그런 나약한 인간한테.'

명령을 받은 그날 밤, 신자부로는 미쳐 날뛰었다. 성 밑에 있는 유곽에 가서 술을 퍼붓듯이 마시고, 단골 유녀를 집요하게 안았다. 정력이 센 신자부로가 맹렬하게 몰아붙이자 어이없이 실신하고 만 유녀를 보며 그는 유녀의 부드러운 알몸을 홱 밀어냈다. 그러고는 술고래 청년은 지루하다는 듯이 혼자서 거듭 술잔을 기울였다. 흥포한 빛을 번뜩이는 날카로운 눈은 장지 건너편에 뜬 으스름달을 미워 못 견디겠다는 듯이 노려보고 있었다.

'혹막은 그 다방주[2]야. 난 알아. 그 인간이 내 출세를 질투해서 비밀리에 뒤에서 조종하는 게 틀림없어.'

거칠어진 신자부로의 머리에 떠오른 것은 히데이에의 총애를 받는 다방주, 쇼아미의 메스꺼운 얼굴이었다. 신자부로는 무사이면서 무용을 필요로 하지 않는 다방주 같은 부류의 인간들을 일제히 경멸했으며, 그 표정을 숨기지 못하는 솔직한 청년이었다.

그중에서도 쇼아미는 여러 면에서 여성적인 데다 음침하며, 항상 뭔가를 꾸미는 듯한 음험한 눈빛을 하고 있었기에, 신자부로는 마음속 깊이 이 다방주를 싫어했다. 물론 그건 신자부로의 태도에도 나타났고, 쇼아미도 신자부로를 싫어했다. 싫어한다기보다 쇼아미는 히데이에의 부하인 무사들을 모두 업신여겼다.

한 번은 쇼아미가 너무나도 무례한 태도를 취해서 하마터면 칼로 벨 뻔한 적도 있었다. 그때 쇼아미는 신자부로의 기백이 너무나도 엄청난 나머지 기겁하며 오줌을 지리는 바람에 그 자리에 있던 사람들의 실소를 샀다. 주인 앞이 아니라서 다행이었지만, 쇼아미는 그 일을 계기로 신자부로를 눈엣가시로 여기게 됐다.

'그 인간이 분명해. 그 인간이 모리카츠 님께 날 그 나약한 놈의 시중 역할을 하도록 조종한 게 틀림없어.'

---

2 다방주(茶坊主): 장군이나 영주 주변에서 다도를 도맡으며, 시중, 손님 맞이 등을 하던 직위의 무사 계급.

다음 날이 되어도 신자부로의 화는 가라앉지 않았다. 히데아키를 지키는 역할인 온후한 노년의 신하 사이토 모리카츠는 도련님 때문에 무척이나 애를 먹고 있는 듯한 모습으로 성 외곽에 있는 저택 거실에서 신자부로를 맞이했다.

“신자부로. 자네가 승낙해줘서 정말 다행이야. 해가 바뀌어 이제 막 봄이 되었는데 벌써 두 사람이나 도망쳐버렸지 뭔가.”

“두 사람이나요? 대체 무슨 일이 있었습니까?”

“뭐, 이미 들었겠지만, 히데아키 님은 꽤나 까다로운 성격인 분이셔서 말이지. 마음에 들지 않으면 이유 없이 호된 처사를 내리시거든. 몸이 약하기 때문에 바깥바람을 쐬지 않고 자라신 탓이겠지. 아마도 자신의 처지를 슬퍼하고, 괴로워하고 계실 걸세.”

몸이 약하기 때문에 버림받고, 성 외곽 저택 안에 틀어박히게 된 불우한 도련님. 그런 식으로 말하면 동정을 자아내기도 하겠지만, 요컨대 이 전란의 세상에 도움이 되지 않는 장기 말은 허송세월을 보낼 수밖에 없다는 것이다.

신자부로에게 있어 칼도 소지하지 않은 채 전쟁터에도 서지 않는 무사 따윈 무사가 아니었다. 그런 도련님 밑에서 시중을 들어야만 한다니……. 야심으로 넘쳐흐르는 젊은 육체는 뜨거운 근육 사이에 짜증을 한가득 담아 두고 있었다.

“모리카츠 님. 소인은 앞으로 히데아키 님을 섬길 몸입니다. 부디 히데아키 님의 병상, 성격에 대해 명확하고 자세히 알려주십시오.”

모리카츠는 신자부로의 솔직한 말투에 약간 주저하면서도 지당한 말이라며 수긍했다. 신자부로는 이 노인이 어릴 적부터 지켜봐온 히데아키에 대해 호의적으로 이야기하고 있다는 걸 알았기에 처음에 애매한 설명을 듣고 실패하기보다도 사실대로 듣고 임하고 싶었다.

'쇼아미 녀석, 네놈의 뜻대로는 되지 않을 거다.'

신자부로는 마음속으로 그 다방주는 혈기 왕성한 청년이 연약한 도련님의 역정을 두려워하며 허둥지둥 도망치는 모습을 비웃어주겠다는 심산일 것이라 단정했다. 주어진 역할이 무엇이든, 그 역할을 어정쩡하게 내던지면 영주님도 안 좋게 볼 것이다. 쇼아미는 그렇게 되리라 꾀한 것임이 틀림없다.

'이렇게 되었으니 그 도련님의 마음에 쏙 드는 말이 되어주겠어. 아무리 쓸모가 없어도 정실의 자식, 나쁘진 않겠지.'

신자부로의 안에서는 연약한 도련님을 맡게 된 분노가 넘쳐서, 이번에는 그 심산을 이용해주겠다는 기분이 들었다. 야망을 품은 데다 아직 좌절을 모르는 불손한 청년은 제멋대로인 폭군 정도야 쉽게 다룰 수 있을 거란 자신이 있었다. 또한 자신만큼 몸집이 크고 기백이 있는 사람이 상대라면 몸이 약한 도련님 따윈 위축되고 말 거라며 낙관적으로 보고 있었다.

"신자부로. 이제부터 하는 말은 부디 우리끼리만의 비밀로 해줬으면 하네."

몹시 엄숙한 말투로 말한다고 생각한 신자부로는 내심 머쓱해졌다. 이미 시중들던 사람들이 허다하게 도망쳤으니, 그들이 다른 데에 말을 퍼뜨렸을 것이다.

“우선 도련님의 시중을 드는 사람은 신자부로 자네 말고도 신하가 세 명 정도 더 있네. 도련님은 대낮에는 절대 밖으로는 나가시지 않아. 허약 체질이기 때문에 햇볕을 받으시면 몸 상태가 나빠지거든. 그래서 해가 길어지기 시작하는 이 시기에는 기분이 무척 안 좋으시지. 도련님은 밤을 좋아하셔서 말이야.”

‘마치 귀신 같군.’

신자부로는 마음속에서 욕을 퍼부었다. 히데아키가 낮에는 좀처럼 모습을 보이지 않고 저택 안에 틀어박혀 있는 건 말하자면 공공연한 비밀이었다. 밤이 되면 정원으로 훌쩍 나와 산책하는 모습이 마치 유령 같다고 소문이 자자했다. 그런 생활을 하고 있기 때문에 대부분의 가신들은 도련님의 모습을 몰랐다.

그 때문인지, 진짜인지 허구인지 모를 소문만이 떠돌아다녔다. 도련님의 병은 얼굴 모양을 지독하게 바꾸기에 지금은 두 번은 못 봐줄 상태라는 둥, 해골처럼 야윈 그 모습은 마치 망령 같다는 둥. 벌써 몇 년이나 사람들 앞에 나오질 않고 있기에 신자부로는 그런 소문도 반드시 틀린 것만은 아닐 거라고 생각했다.

“또한 그렇게 지내시기 때문인지 나이에 비해 발육이 더디네. 보면 놀라겠지만, 정말 어린아이…… 나이도 차지 않은 소년으로밖에 보이지 않을 걸세.”

“히데아키 님은 역시 큰 질환을 앓고 계십니까?”

"아니, 발육이 충분하지 않은 점과 햇볕을 쬐지 않는 점 외에는…."

모리카츠는 불현듯 입을 다물었다. 한순간이었지만, 신자부로는 그 태도를 수상쩍게 여겼다.

"달리 병이라고 할만한 건 없네. 단지 다소 세상을 잘 모르는, 마치 온실 속 화초처럼 자란 도련님이지. 여러모로 특이한 언동도 많을 걸세."

"특이하다고 하시면?"

"도련님께서 짜증을 내시는 일도 종종 있어서 말이지. 그때 괴상한 일을 당할 수도 있을 거야. 그 외에도 곁에서 모시다 보면 자네가 궁금해하는 점도 꽤 생기겠지. 그건 그때마다 내게 보고해주면 되네."

분명히 이 노인은 뭔가를 숨기고 있다고 신자부로는 확신했다. 하지만 이 자리에서는 절대 꺼내서는 안 되는 마음의 갑옷이 보였다. 어지간히 입 밖으로 내기 힘든 일일 것이다.

'뭐, 남 앞에 모습을 드러내지 않는 도련님이잖아. 밤에 산책하는 것 말고도 기묘한 버릇 한두 개쯤은 있겠지.'

시중을 드는 사람이 겨우 몇 명밖에 없는 데다 남 앞에 거의 나서지 않는 도련님 —— 마치 은거 생활 중인 사람 같았다. 정신이 이상한 사람이라고 할 정도는 아니어도 아마 지능이 모자란 멍청한 도련님일 것이다. 잘만 하면 마음대로 조종하기도 쉬울 것이라며, 신자부로는 희미하게 조소를 띠었다.

무용을 무엇보다도 존중하는 신자부로였지만, 처세와 계산 또한 물론 중요하다는 사실을 터득하고 있었다. 주군인 히데이에의 밑에서 입신한 후, 언젠가는 일본 전 영토를 평정하여 가문을 천하제일로 이끄는 것이 이 청년의 야망이었다.

이런 상황이라도 자포자기하지 않고 기회를 엿보는 것 —— 무사는 인내하여만 한다고 가르침 받은 신자부로는 자신이 너무 혈기 왕성하다는 점 또한 자각하고 있었기 때문에 이곳에서 그 가르침을 따라 단련하겠다는 마음으로 임하기로 했다.

사이토 모리카츠는 히데아키가 늦은 아침 식사를 하고 일상 용무를 끝낸 시점을 노려 신자부로를 데리고 안방으로 들어갔다.

"도련님. 모리카츠이옵니다. 쿠라마 신자부로를 데리고 왔습니다."

안에서 들어오라는 가냘픈 목소리가 나자, 모리카츠는 조용히 맹장지를 열었다.

모리카츠의 뒤에서 방을 둘러본 신자부로는 일종의 기이한 감각에 사로잡혔다.

저택의 가장 안쪽에 위치한다는 그 방에는 장지가 없었으며, 따뜻한 봄의 햇살은 한 줄기도 비쳐 들지 않았다. 그 대신에 마치 땅거미처럼 무거운 어둠이 깔린 그곳에서 주황색 촛불이 바람에 희미하게 흔들리며 향내가 밴 어둠을 핥듯이 천천히 타고 있었다.

'이 방만 영원한 밤이 이어지고 있는 것 같아.'

신자부로는 이 세상 것이 아닌 길로 잘못 들어 헤매는 듯한 불길함을 느끼며 방으로 들어갔다. 상석에 앉은 히데아키 앞에서 손을 바닥에 대고 "쿠라마 신자부로라고 하옵니다."라며 목소리를 높이자, 그는 "고개를 들어라."라고 조용히 명령했다.

얼굴을 든 순간, 신자부로는 소리를 지를 뻔했다.

"호오. 덩치가 큰 만큼 멍청한 면상일 줄 알았는데, 제법 미장부가 아니더냐. 안 그런가, 할아범?"

그렇게 말하고는 구슬이 도르르르 굴러가는 듯한 시원스러운 목소리로 웃는 히데아키는 신자부로가 여태까지 본 그 누구보다도 아름다운 얼굴을 하고 있었다.

'어떻게 된 일이지?'

어안이 벙벙한 채 어둠에 떠오른 하얀 얼굴을 넋 놓고 보고 만 신자부로를, 히데아키는 그저 이 세상 사람이라고는 생각할 수 없을 만큼 아름다운 미소를 머금고 관찰했다.

여자로는 보이지 않지만, 그렇다고 해서 남자로도 여겨지지 않았다. 등꽃색 스오[3)]소매에서 엿보이는 가냘픈 손은 인형처럼 작았으며, 사방침에 나른하게 기댄 묘하게 요염한 자태가 주인의 성별을 달리 보이게 했다.

후지요시 히데아키는 신자부로의 예상과는 달리 보기 드문 미남이었다. 마치 체온을 가지지 않은 것처럼 여겨질 만큼 눈처럼 하얀

3 스오: 아래위 삼베에 가문(家紋)을 넣은 무사의 평상복.

피부는 파란 혈관이 비쳐 보일 정도였다. 젖은 것처럼 묵직해 보이는 흑발은 뒤로 묶었고, 앞머리를 내린 이마는 윤기가 났다. 연기가 피어오르는 듯한 모양에 우아한 향기가 날 것만 같은 눈썹. 오뚝 선 자그마한 코. 마치 연지를 바른 듯한 꽃잎 같은 입술. 그리고 길고 촘촘한 속눈썹으로 둘러싸인, 바라만 보아도 캄캄한 물속으로 끌려들어 갈 것 같은 심연의 눈동자.

신자부로는 목젖을 위아래로 크게 꿀꺽 울렸다.

'아름답다 같은 말로는 다 표현하지 못하겠어. 이건 그야말로 귀신처럼 ——.'

"신자부로라고 했나?"

붉은 입술이 꽃이 피듯 나른하게 열리며 약간 높은 히데아키의 목소리가 자신의 이름을 불렀을 때, 신자부로는 엄청난 충격에 소름이 돋는 것 같았다. 눈앞에 있는 이 도련님이 사람이 아닌, 아름다운 생물 같은 게 아니라 자신이 섬길 주인이라는 사실을 떠올린 것이다.

"내 면상이 그렇게 신기한가? 그렇게 쳐다보면 구멍이 뚫려버리겠어."

"앗. 죄, 죄송합니다."

신자부로는 넙죽 엎드렸다. 긍지를 상처 입은 데서 비롯된 수치심 때문에 뺨이 화끈거렸다.

'난 대체 무슨 짓을 하는 거야? 이 허약한 도련님을 비웃을 생각으로 왔는데, 이런 추태를 보이다니…….'

"할아범은 물러가도 돼. 이자와 천천히 이야기하고 싶다."

"네. 알겠사옵니다."

히데아키는 모리카츠를 깨끗이 물러가게 했다. 모리카츠는 신자부로를 보며 조금 걱정스러운 표정을 지었지만 얌전히 방을 나갔다.

"휴우. 할아범은 툭하면 걱정뿐이지. 신자부로, 그대도 성가시게 느껴졌지?"

"아닙니다, 결코 그런 적은 없습니다."

"저자는 나에 대해서 뭐라고 했나?"

히데아키의 깊은 어둠을 띤 눈동자가 재미있어하듯 번뜩 빛났다.

"제정신이 아니다, 겁쟁이다, 그렇게 말했나?"

"설마요! 단지 옥체에 대해서 아주 살짝 들었을 뿐입니다."

"몸이라."

후후, 희미하게 웃는 한숨의 기척마저 묘하게 요염한 탓에 신자부로는 고동이 이상해지는 것을 억누를 수 없었다. 이 어두운 방에서 귀신 같은 도련님과 단둘이서 있는 게 뭔가 무서운 덫 같다는 생각마저 들기 시작했다.

"뭐, 됐어. 신자부로. 그대는 나이가 어떻게 되나?"

"네. 스물다섯입니다."

"흥."

히데아키는 재미없다는 듯이 콧방귀를 뀌었다.

"나와는 나이 차이가 꽤 나는구나. 놀이 상대가 될 것 같지도 않군."

그 울적하고 어린 말투는 마치 아직 순진한 어린아이 같았다. 모든 곳이 가냘프고 자그마한 모습이라서 위화감은 없지만, 아직 성장이 덜 된 것은 몸뿐만이 아닌 듯했다.

이곳에 와서 너무나도 아름다운 히데아키에게 압도되어 있던 신자부로는 가까스로 평정을 되찾고 있었다.

'역시 머리가 보통 사람 같지는 않군. 나이에 비해 속은 완전히 어린아이잖아?'

신자부로는 마음속으로 깔보면서 넙죽 엎드렸다.

"도련님이 원하신다면 소인을 마음대로 써주십시오."

"무리하지 않아도 돼. 그대는 처가 있나? 아이는?"

"없습니다."

"그 나이에? 그대는 여자를 싫어하는가?"

"아닙니다. 소인은 미숙하여 아직 아내를 맞이하기에는 이릅니다."

보통 스무 살이 되면 정실을 맞이하는 게 일반적인 세상이었다. 그런데도 스물다섯이나 된 신자부로가 아직 독신인 이유는 야심이 넘치는 분방한 청년이 가정이라는 것에 속박되기를 싫어했기 때문이다. 여자는 좋아하지만, 얌전하고 고상한 여성에게는 대부분 마음이 움직이지 않았다. 신자부로는 그의 야수처럼 왕성한 욕구를 거리낌 없이 부딪칠 수 있는 화류계 여성을 원했다.

"형제는?"

"네. 형이 둘 있습니다."

"호오. 나와 같구나. 하지만 그대는 나와 달리 기대를 받고 있는 듯하군."

"결코 그렇지 않습니다."

"괜찮다. 다들 날 깔보니까. 깔보기는커녕 존재조차 잊었겠지. 난 알아."

속세와 동떨어진 세계에서 사는 도련님도 자신이 놓인 상황은 이해하고 있는 듯했다. 신자부로는 그가 토라진 기색도 없이 그저 담담하게 스스로를 분석하는 점이 약간 의외였다.

하지만 청년은 불쌍하다는 생각은 조금도 들지 않았다. 무사 가문으로서 그에 맞지 않는 몸으로 태어난 것이 애당초 히데아키의 죄라고 생각했기 때문이다. 다만 히데아키가 자신의 불우한 처지를 비관하여 세상을 저주하지 않는 것이 떳떳해 보인다고 느낄 뿐이었다.

"난 아버님으로부터 아무런 역할도 받지 못했어. 병이 있으니 하고 싶을 걸 하면서 그저 즐겁게 지내라는 말만 듣지."

"도련님의 병을 고치고자 하시는 거겠죠."

"의원은 내가 무슨 병인지 모른다고 하더군. 왜 햇볕에 닿을 수 없는지, 왜 만족스럽게 음식을 먹을 수 없는지. 덕이 높은 승려를 불러 기도를 하게 하거나, 마나세 도산[4]인지 뭔지를 불러 진찰하게 했지만, 전부 다 효과가 없었어. 할 수 없이 이렇게 저택 안에 처박혀진 채 나이가 들면 건강해질 거라며 내버려졌어. 다시 말하자면, 가망이 없어서 포기한 거야."

4 마나세 도산: 일본 전국시대에 걸쳐 활약한 명의.

"그럴 리가……."

"신자부로."

히데아키는 점잖지만 차갑게 툭 던지는 목소리로 신자부로를 불렀다.

"잘 들어. 난 말이야. 어떻게 하려는 생각은 없다. 단지 이 무료한 시간을 달래고 싶어. 그대는 거기에 맞추면 돼."

"네."

"그대는 제법 재미있을 것 같군. 날 잘 섬기고 즐겁게 해줘. 그렇게 하면 나쁘게는 하지 않겠다."

머리를 숙이는 신자부로의 마음은 굴욕감에 속이 뒤집힐 것 같았다.

'역시 이건 무사의 일이 아니야.'

즐겁게 하라는 건 유곽 유녀에게나 하는 말이다. 주종 관계라고는 해도 장난으로라도 허리에 칼을 찬 무사를 향해 그런 굴욕적인 말을 던지다니, 이 도련님은 정말 남 위에 설 그릇이 아니었다. 신자부로는 어금니를 꽉 깨물었다.

"난 해가 떴을 땐 기분이 좋지 않아. 그래서 저녁까지 누워 있으니, 그대는 할아범 같은 사람 옆에서 이곳에 대해 배우도록 해."

"네."

아직 낮이 되기도 전인데 잘 거라는 히데아키에게 쫓겨난 신자부로는 살짝 멍하니 복도에 서 있었다. 어두운 방에서 밝은 곳으로 나온 탓인지, 마치 황천길에서 현세로 되돌아온 듯한 기분이었다.

'생각했던 것보다 훨씬 기묘한 분이야.'

그 용모에 깜짝 놀란 데다 자신의 계산과는 다른 치욕에 입술을 깨물고 앞으로의 나날을 생각하니 눈앞이 캄캄해지는 기분이 들었다.

'그 도련님은 내 모습을 봤는데도 머리카락 한 올도 주눅 들지 않았어. 그러기는커녕 재빠르게 나를 깔보고는, 마치 개를 부르기라도 하듯 마음 없이 내 이름을 입에 담고…….'

전쟁터에서 수많은 적병들에게 위압감을 준 신자부로는 자신을 봐도 전혀 겁먹는 낌새가 없던 히데아키의 모습에 동요했다. 기껏해야 세상 물정 모르고 집안에서 돌봐주지 않는 도련님이다. 앞으로 어떻게든 몰래 협박하든 뭘 하든 해서 깔보지 못하게 만드는 방법은 있을 것이다 —— 그렇게 생각하는데도 얼굴을 맞대자 겁을 먹고 움츠러든 건 분명 자신이었다.

"신자부로."

신자부로는 자신을 부르는 목소리에 과하게 반응했다. 생각에 잠긴 탓에 모리카츠가 다가오는 기척조차 알아채지 못했다.

"왜 그러나? 그렇게 새파랗게 질린 얼굴을 하고는. 도련님이 뭐 말도 안 되는 말씀을 하셨나?"

"아닙니다, 그런 말씀은 전혀……."

신자부로는 히데아키의 빼어난 생김새에 대해 미리 알려주지 않은 이 노인에게 되려 원한을 품었다. 알고 있었다면 이 정도로 동요하는 일은 없었을 것이다. 아니, 하지만 알고 있었던들 시선을 빼앗기지 않을 순 없었겠지만.

"모리카츠 님. 도련님의 병은 악화되기만 할 뿐입니까? 봤을 땐 건강해 보이시는데, 저녁까지 누워 계실 거라고 하셨습니다."

"항상 있는 일일세. 그런 생활을 시작하신 건 어제오늘 일이 아니거든. 그날 상태가 좋으면 낮에도 일어나 계시는 경우가 있지만, 대체로 날이 저물 때까지 누워 계신다네."

"병의 원인은 모르십니까? 보기에 그 하얀 피부는 백피증 같기도 했습니다만."

"그건 아닌 듯하네. 그러나 병에 대해선 아직 확실치 않아. 피부가 문드러지는 것처럼 눈에 보이는 증상은 아니지만, 햇볕에 닿으면 그다음 날 하루 종일 앓아누워 일어나지 못할 정도로 기력이 쇠하신다고 하더군. 도련님의 병에 햇볕이 좋지 않은 건 분명해."

"그렇다면 해가 떠 있는 동안에는 줄곧 주무십니까?"

"그렇네. 그 대신에 밤에는 늦게까지 일어나 계시지."

"그렇다면 소인도 도련님의 생활에 맞춰 지내야만 한다는 겁니까?"

모리카츠는 그렇다며 고개를 끄덕였다.

'이게 무슨 일인가. ——나도 귀신이 되어야만 하는 건가?'

신자부로는 생각지도 못한 일상의 큰 변화에 또다시 분노했다. 앞으로는 아무래도 해가 뜸과 동시에 잠이 깨는 여태까지의 생활은 바랄 수 없을 듯하다. 그런 생활을 길게 지속하면 언젠가 자신도 그 도련님처럼 햇빛을 두려워하게 되는 건 아닐지 암담한 기분이 들었다.

*　　　*　　　*

도련님과의 기묘한 나날이 시작되었다.

히데아키는 해가 짐과 동시에 눈을 뜨고, 하늘에 완전히 어둠의 장막을 내리면 물 만난 고기처럼 즐겁게 정원으로 나갔다.

"오늘 밤은 잔치를 벌이자. 신자부로가 온 첫날 밤이니까. 달도, 바람도 좋구나. 밤 벚꽃을 즐겨야지."

기분이 매우 좋아진 히데아키는 연회 준비를 시키고는, 벚꽃 나무 아래에서 몇 없는 신하들을 상대로 떠들기 시작했다.

저택의 정원에 핀 벚꽃은 어마어마했다. 흐드러지게 폈다는 말이 잘 어울렸다. 옹이가 울퉁불퉁한 줄기에는 커다란 구멍이 뚫린 채 기둥을 지탱하며 겨우 서 있는 노목인데 이 정도로 흘러넘칠 만큼 꽃을 피우다니, 이 또한 요괴스러웠다.

히데아키는 신하들에게 술과 안주를 권했지만, 자신은 아무것도 입에 대지 않았다.

"신자부로. 그대는 술을 좋아하는가?"

"네. 조금 즐기는 정도입니다."

"사양하지 않아도 돼. 그 얼굴은 술고래의 얼굴이야."

히데아키는 그렇게 단정 짓고는, 마치 작부처럼 신자부로에게 바싹 다가와 술을 따랐다. 처음에는 황송해했지만, 히데아키가 괜찮다며 강요하는 바람에 신자부로는 석 잔, 넉 잔, 연거푸 술잔을 기울였다.

다른 사람들에게도 똑같이 술을 권했지만 모두 그다지 술에 센 것 같지 않았고, 곧 새빨간 얼굴로 비틀거렸다.

그때 히데아키가 "이봐, 요시나오, 춤 좀 춰봐."라는 둥, "마사시게, 개 흉내를 내봐."라는 둥 애처럼 부추기는 바람에 다들 금세 머릿속까지 술이 배어들어 앞뒤를 구분하지 못하는 꼴이 되고 말았다.

"하하하, 잘한다, 마사시게. 그 울음소리, 그야말로 개구나. 자, 내 발을 핥아봐."

그렇게 말하더니 파란 혈관이 비쳐 보이는 이상하게 요염한 다리를 내던지자, 취한 남자는 손바닥 안에 다 들어갈 것처럼 작고 조형물 같은 발에 주저 없이 달려들더니 발가락을 입안에 넣고 빨기 시작했다.

술이 센 신자부로는 아직 멀쩡했기에 기겁을 하며 이 모습을 보다가 이상한 점을 알아챘다.

아무리 주종 관계라고는 해도 일개 무사인 남자가 발가락을 핥으라는 명령에 격해지지 않을 리가 없다. 그러나 남자는 술에 취한 탓인지 기뻐하며 무아지경으로 혀를 놀리고 있다. 그리고 남은 두 사람은 충혈된 눈을 번뜩이며 밉다는 듯이 그 모습을 꼼짝 않고 응시하고 있었다. 히데아키는 그걸 눈치챘는지 어떤지, 그저 차가운 미소를 짓고 있었다.

"마사시게, 맛있나?"

"네, 네, 정말 맛있습니다."

"이 바보 놈아! 말을 하는 개가 있느냐!"

히데아키는 갑자기 몹시 성을 내며 소리를 지르더니, 네발로 기고 있던 자의 얼굴을 가차 없이 발로 찼다. 신자부로는 어처구니없이 굴러떨어진 남자의 하카마[5]가랑이 사이가 부풀어 있는 데 눈을 부릅떴지만, 히데아키는 그에 개의치 않고 이번에는 신자부로의 곁으로 다가왔다.

"신자부로, 그대는 아직 신입이니, 시라도 외워 보아라. 그걸로 용서해주지."

"시……를 말입니까?"

"뭔가 있겠지, 봄에 어울리는 시가."

이 머리 나쁜 도련님이 개 흉내를 내라고 시킨 그 입으로 시 같은 걸 아는 체하며 말하는 게 웃겨서, 신자부로는 저도 모르게 '어디 한번 골려 주지.' 라는 마음으로 빈정거리고 싶어졌다.

"그러면 —— 지나가버린 옛일은 이제 저 멀리. 모든 것이 꿈만 같구나. 옛 친구들은 영락하여 대부분을 황천으로 돌려보냈네. 슬픈 술에 취하고 ——."

"흘러내린 눈물을 봄의 술잔 속에 헹궜네, 였던가? 겐지 이야기를 시작으로 여러 작품에 인용되었고, 그를 소재로 한 노래로도 수없이 읊어지고 있는 유명한 시지."

히데아키는 놀라는 신자부로를 보며 "그렇지? 신자부로."라며 속삭이듯이 그를 불렀다. 밤의 어둠보다도 깊은 검은색 눈동자가 청년을 끈적하게 바라보고 있었다.

5 하카마: 기모노 위에 입는 주름 진 하의.

“그대는 날 바보 취급하고 있지?”

“저, 절대 그렇지 않습니다.”

“그대는 알기 쉬워. 무슨 생각을 하는지 그 얼굴에 있는 그대로 나타나거든. 처음 만났을 때부터 말이야.”

빛을 빨아들이는 듯한 히데아키의 칠흑 같은 눈동자가 신자부로를 바라보았다. 신자부로는 동요했다. 확실히 지금 읜 시는 몰락한 친구와 만나 술을 마시며 슬픔에 젖는다는 내용으로, 지금 이 상황을 빈정거리는 것으로도 받아들일 수 있었다. 실제로 신자부로는 그런 마음으로 이 시를 택했다. 여기 있는 술 취한 신하들 중에 옛 친구라 부를 만한 자는 없지만…….

‘완전히 멍청한 건 아니었군. 너무 얕봤어.’

“이 녀석은 주인에게 반항한 죄인이다! 어서 잡아라!”

히데아키가 목소리를 높이자, 얼굴이 벌건 주정뱅이들이 있는 힘껏 신자부로를 내리눌렀다. 이를 쫓아버리지도 못한 채 이 연극 같은 전개에 당황한 신자부로는 “용서해 주십시오.” 라며 히데아키에게 용서를 빌었다.

“안 돼, 안 돼, 용서 못 해. 주인의 얼굴에 먹칠을 한 네놈 같은 남자는 이렇게 해주겠다.”

히데아키는 그렇게 말하자마자 옆에 있던 커다란 접시에 담긴 만주를 집더니, 하늘을 향한 상태로 몸이 눌린 신자부로의 얼굴에 기세 좋게 퍽 처발랐다. 히데아키는 “꾸엑.” 하고 신자부로가 낸 얼빠진 목소리를 재미있어하며 큰 목소리로 낄낄 웃으면서 만주를 연신 얼굴에 눌러 댔다.

신자부로의 얼굴 위에서 만주가 찌부러지며 안에 듬뿍 든 팥이 튀어나왔다. 금세 만주투성이가 된 신자부로의 얼굴은 마치 진흙이라도 뒤집어쓴 것처럼 새까맣게 변해버렸다.

"하하하! 봐라, 이 얼굴을. 미남이 마치 만주 요괴처럼 됐구나. 하하하!"

신자부로의 위에서 술에 취한 남자들이 낄낄 웃었다. 신자부로는 눈도 보이지 않고 코도 막혀서 겨우 남은 입으로 거친 숨을 토하며 굴욕감에 타올랐다. 이 상황에서 주정뱅이들이 조금이라도 청년을 쿡 찔렀다면, 성질 급한 청년은 새로운 주인의 눈앞이라고는 해도 날뛰기 시작해 멈추지 않았을 것이다. 신자부로는 지금 모든 이성을 동원하여 이 치욕을 견디고 있었다.

"만주 요괴 놈아, 내가 먹어서 벌을 내려주마!"

히데아키가 신자부로의 위에 올라타는 기척이 났다. 가녀린 몸은 가슴 위로 올라와도 어린아이처럼 가벼웠지만, 앞으로 무슨 짓을 당할지 모르기에 신자부로의 등줄기가 싸해졌다.

곧바로 찌부러진 만주 범벅이 된 얼굴 위에 그림자가 졌다. 킥킥, 작은 웃음소리가 신자부로의 귀를 간지럽히더니 갑자기 코끝을 꽉 깨물리는 바람에 신자부로는 저도 모르게 비명을 질렀다.

"아파!"

"오오, 이건 그대의 코였군. 콧날이 오뚝하구나. 후후, 미안한 짓을 했어."

히데아키는 신자부로의 얼굴에 묻은 만주를 우적우적 먹기 시작했다. 아까까지 아무것도 입에 대지 않았는데 사람 얼굴에 뒤발린 만주라면 맛있기라도 한 건지, 히데아키는 작은 웃음 소리를 내면서 때때로 신자부로의 뺨과 이마를 깨물며 만주를 먹었다. 신자부로는 이 엄청난 사태에 놀라서 어찌할 바를 몰라 그저 가만히 있을 수밖에 없었다.

'이렇게 이상한 도련님이었다니!'

"후후. 겨우 얼굴이 보이는구나, 신자부로."

히데아키가 얼굴에 묻은 만주를 거의 먹어치워 신자부로가 눈을 뜨자, 깜짝 놀랄 만큼 가까운 곳에 히데아키의 빨간 혀가 보였다. 그리고 자신을 누르는 신하들은 증오와 선망으로 인해 충혈된 빨간 눈으로 신자부로를 내려다보고 있었다. 신자부로는 미친 악몽 같은 상황에 온몸에 소름이 오싹 돋았다.

"신자부로, 말도 안 되는 짓을 당했다고 생각하느냐?"

"아, 아닙니다."

"그대는 이 나를 섬기는 신분이다. 그 사실을 먼저 알게 해줘야 할 것 같아서 말이야."

히데아키는 그렇게 큰소리치고는 신자부로의 위에서 내려왔다. 그와 동시에 팔다리를 내리누르고 있던 무게도 사라졌다. 신자부로는 팔으로 찐득거리는 얼굴을 비비면서 어리둥절한 상태로 천천히 몸을 일으켰다.

"이런 게 날 섬기는 네 일이다. 쉽지?"

히데아키는 아무 일도 없었다는 것처럼 신자부로의 잔에 술을 채워 눈앞에 내밀었다. 취해서가 아니라 분노로 얼굴이 빨개진 청년은 술을 먹지 않으면 못 견디겠다는 생각에 얌전히 잔을 받아 넘실넘실 따라진 술을 단번에 들이켰다.

"있는 힘을 다해 모시겠습니다."

"좋다. 긴장하지 마라. 그저 내 뜻을 따르면 된다."

"이자들처럼 말이야."

히데아키는 그렇게 말하며 신하들에게 시선을 던졌다.

그들은 오로지 기대에 찬 눈빛을 띠고 고분고분한 태도로 주인을 쳐다보고 있었고 모두가 다 체격이 훌륭한 대장부들인데도, 그 자세는 완전히 개와 같았다.

"좋아, 사에몬, 이번에는 그대가 말이 되거라."

"네!"

명령을 받은 신하는 기뻐하며 네발로 기는 자세가 되었고, 그 등에 당연한 것처럼 히데아키가 타자 황홀한 표정으로 늠름한 몸을 바르르 떨었다.

"흐음, 제법 타기 좋구나. 자, 달려라!"

"히히잉!"

고삐 대신에 물게 한 줄을 당기자, 남자는 환희에 찬 목소리를 내며 네발로 긴 채 뛰기 시작했다. 그리고 그 모습을 지켜보는 다른 두 사람이 샘나는 표정을 짓고 있던 것도 조금 전과 마찬가지였다.

'여긴 뭐가 어떻게 되고 있는 거지?'

처음에 신자부로는 어처구니가 없었고, 분노했으며, 지금은 그 기괴한 광경이 무서워서 몸을 떨었다.

'다들 도련님의 요기에 당해 미쳐버린 걸까?'

그렇게밖에 생각할 수 없을 정도로 신하들은 히데아키에게 심취하여 무아지경이 된 상태였다. 더 빨리 달리라며 엉덩이를 세게 맞은 말이 된 남자는 신음했고, 아까와 마찬가지로 확실히 발기된 모습이었다. 이자들은 주인에게 복종할 뿐만 아니라 터무니없는 욕망까지 품고 있다. 그것도 지독하게 비뚤어진 욕망을.

'이곳에서 도망친 건 미치지 못한 자들인가.'

이곳에 오래 머무르면 자신도 언젠가 이상해져 버리지 않을까? 그런 의구심을 품을 만큼 이곳은 심상치 않은 요기를 잔뜩 머금고 있었다.

신하들을 괴롭히고 순진무구한 웃음소리를 내는 히데아키는 퍼런 달빛 아래에서 숨을 삼킬 정도로 아름다웠다. 자신보다도 훨씬 큰 남자들을 때리고 할퀼 때마다 그 눈동자는 흥분에 젖었고, 그 얼굴에는 요염한 미소가 아지랑이 피듯 떠올랐으며, 하얗고 투명한 피부는 속에서 불이 확 피어오른 것처럼 뺨을 희미하게 발그레 물들었다.

요괴 같은 히데아키의 미모를 보고 있자니 그 이상한 행동과 열기에 빠진 나머지, 남색에 관심이 없는 신자부로도 뭔가 묘한 기분이 들기 시작했다.

그러나 신자부로는 아직 제정신이었다. 이 탁한 공기 속에서 자신이 이상해지기 시작했음을 자각하고 있었다.

'냉정해져야 해. 난 미쳐선 안 돼.'

자신은 전공을 세워 출세할 것이며, 주인인 후지요시 가문을 부흥시켜 일본 제일의 대영주로 만들겠다는 커다란 야망이 있었다. 이런 성 외곽 저택 안에 갇혀 지내는 이상한 도련님이 밤에 야단법석을 떠는 일로 자신을 잃을 수는 없었다.

사람을 사람으로 여기지 않고 그저 장난감처럼 대장부를 가지고 노는 이런 교만한 도련님을 주인이라고 인정하고 싶진 않았다. 게다가 심취하고, 욕정하고, 음경을 부풀리면서 그 손에 닿을 순간을 고대하는 그런 개들과 같은 곳으로 타락하고 싶진 않았다.

신자부로는 얼굴에 달라붙은 짓눌린 팥을 물에 적신 손수건으로 힘껏 닦으면서 자신을 질타했다. 되도록 마음을 가라앉히고 객관적으로 도련님을 파악하여 속으로 신랄하게 비판하기만 한다면 광기에 물들지 않고 있을 수 있을 것이다.

'도련님에게 위압감을 줄 작정이던 내가 거꾸로 이런 각오를 하게 될 줄이야.'

신자부로는 쓴웃음을 짓지 않을 수 없었다. 자신이 벌써 이 마계에 삼켜져 가고 있다는 사실을 자각했기 때문이다.

* * *

도련님의 기행은 계속됐다.

밤이 찾아올 때마다 히데아키는 생기를 얻어 쭉쭉, 그리고 난폭하게 여러 가지 방법으로 신하들을 부추기고, 희롱하고, 농락했다.

때로는 예인(藝人)을 불러 노[6]와 쿄겐[7]을 연기하게 했으며, 마지막에는 히데아키 본인도 뛰어들어 생전의 제아미[8]라 여겨질 정도로 가련하고 아름다운 목소리로 노래하며 훌륭하게 춤을 췄지만, 그 후에는 역시 언제나 그러하듯 개 흉내 놀이를 했다. 매일 밤 그 절조 없고 외설적인 모습에 모두가 뭔가에 홀린 것처럼 요란하게 열리는 연회는 그야말로 백귀야행, 당장이라도 지옥으로 이어지는 구멍이 그곳에 입을 뻐끔 벌릴 것 같은 불길한 독기로 가득 차 있었다.

신자부로는 그 장면을 눈앞에서 볼 때마다 놀라 당황했다. 그리고 겁먹을 뻔한 자신에게 분노했다. 밤을 보낼 때마다 전쟁터에서 칼을 휘두른 뒤보다 심한 피로가 청년의 건강한 몸을 나른하게 잠식해 갔다.

"어때? 일은 적응이 됐나?"

"모리카츠 님."

모리카츠는 얼굴을 마주할 때마다 신자부로를 염려했다. 어지간히 지쳐 보이는가 보다.

"안색이 안 좋군. 아직 이 생활에는 적응을 못했나?"

"역시 쉽게 되진 않네요."

---

6 노: 노래와 춤극으로 구성된 일본에서 가장 오래된 가무악극.
7 쿄겐: 노의 막간에 펼쳐지는 짤막한 소극.
8 제아미: 노를 완성한 인물.

"도련님의 행동은 부디 못 본 척해주게. 도련님의 마음은 아직 어린아이거든. 갓난아기가 하는 행동이라고 생각하면 조금은 나아질 걸세."

갓난아이에게 욕정하는 놈들이 있겠나? 신자부로는 내심 그렇게 내뱉었지만, 도련님을 지키는 이 노인에게 얼굴을 마주하고 그런 사실을 말할 만큼 무자비하진 않았다.

신자부로가 넌더리가 난 건 히데아키 본인뿐만이 아니다. 지금까지 히데아키의 시중을 들었던 자들이 어떤 관계였는지는 모르지만, 지금 그 세 사람은 아무래도 서로를 견제하는 듯했다. 뭔가에 홀린 것 같은 체면은 상관없다는 듯한 그 언동과 표정이 신자부로를 겁먹게 만들었다.

신자부로는 아직 신참이라서 견제 대상은 아니었지만, 걸핏하면 질투의 시선을 받았다. 마치 암컷을 둘러싸고 싸움을 반복하는 수컷 짐승 같았다. 게다가 그 암컷은 그 누구도 손에 넣을 수 없는 존재이다. 너무나도 헛된 짓이었다.

세 사람의 균형은 날이 갈수록 꽤나 위험한 상황이 되어 가고 있었다. 누군가가 히데아키의 놀림거리가 되면 다른 자들은 살기를 뿜어내며 당장이라도 덤벼들 것처럼 온몸을 떨며 응시했다. 그게 순서대로 돌아가는 상황이었다. 다행히 히데아키는 평등하게 흉포했으며, 누구에게나 무관심 했다. 하지만 단 한 번이라도 어느 한쪽으로 기울어 누군가가 폭발해버린다면 연쇄적으로 모든 것이 붕괴하고 말 것 같았다.

히데아키 본인은 그 상황을 눈치채고 있었다. 알면서도 재미있어하고 있었다. 히데아키의 행동은 그렇게밖에 생각할 수 없었다.

그리고 드디어 신자부로의 걱정은 현실이 되었다.

신하 중 한 명인 사에몬이 같은 신하 중 한 명인 마사시게를 칼로 벤 것이다.

"그거 알아? 남만에서는 태어난 날을 축하하는 습관이 있다더군."

그날, 히데아키는 툇마루에서 지루하다는 듯 사방침에 기대어 조용히 그렇게 말했다. 어젯밤 놀이에 초대한 남만 선교사한테서 듣기라도 한 걸까? 히데아키는 때때로 진기한 지식을 알려주는 경우가 있었다.

눈앞에 있는 정원에서 마사시게와 사에몬 두 사람에게 목검으로 승부를 겨루게 했고, 나머지 사람들이 한창 그 승패로 내기를 하는 중이었다. 그러나 금방 질려버렸는지, 결착이 나기 전에 귀찮다는 듯이 입을 열어 시합을 중단시켰다.

히데아키의 나른한 시선이 신하 한 사람에게 스윽 향했다.

"오늘은 그대가 태어난 날이라 들었다. 마사시게."

"아, 네. 어떻게 아셨는지요."

반라 상태인 늠름한 몸을 상기시킨 마사시게의 뺨이 히데아키의 말에 누그러졌다.

"평소에 그대가 날 잘 섬기고 있지 않나. 그대의 소원을 하나 들어주지."

히데아키의 그 말을 듣고 다른 두 사람의 안색이 싹 변했다. 신자부로도 피부를 찌를 정도의 긴장감에 숨을 삼켰다.

'이분은 또 무슨 짓을.'

그 한마디가 이 위험한 세 사람의 관계를 무너뜨리게 될 거라는 사실을 아는지 모르는지, 히데아키는 일시적 기분으로 그런 달콤한 먹이를 슬쩍 드러내 보였다.

얼굴이 삶은 문어처럼 새빨개진 마사시게는 이마에 땀을 뻘뻘 흘리며 당장이라도 쓰러질 것처럼 몸을 덜덜 떨었다.

"아, 그, 그런, 과분한."

"괜찮다. 아무거나 괜찮다. 말해라."

히데아키는 마음이 담기지 않는 목소리로 아주 쉽게 말을 늘어놓았다. 청년은 침을 꿀꺽 삼키더니, 히데아키의 발밑으로 구르듯이 다가와서 넙죽 엎드렸다.

"하, 하하. 그, 그러면……, 단 한 번, 한 번만……, 도련……도련님의, 입술을."

"마사시게, 네 이놈!"

그 순간이었다. 이마에 핏줄을 세우고 충혈된 눈을 한 사에몬이 어느샌가 목도를 진검으로 바꿔 잡고는 넙죽 엎드린 마사시게의 뒤에서 달려든 것이다. 마사시게는 끄악 소리를 내며 등을 어깨에서 허리까지 비스듬히 베인 채 그 자리에 쓰러졌다.

"무슨 짓인가!"

기겁한 신자부로는 뛰쳐나가 칼자루를 쥔 사에몬의 손목을 손날로 쳤다. 사에몬은 자신의 행동에 스스로도 깜짝 놀란 모습으로 칼을 떨어뜨린 채 새파랗게 질린 얼굴을 하고 우뚝 서 있었다.

마사시게의 피는 눈앞에 있던 히데아키의 얼굴에도 뿜어졌다. 그 끔찍한 모습에 그 히데아키조차 얼어붙어 있었다.

신자부로는 곧바로 나머지 한 사람에게 의원을 부르게 시켰고, 자신은 다친 사람의 상처를 묶어 응급 처치를 행했다. 얼마 안 있어 모리카츠가 다급히 오더니 눈앞에 펼쳐진 광경을 보고는 살짝 소리를 지른 후, 불쾌한 표정을 지으며 거의 무의식중에 입을 꾸물꾸물 움직이며 중얼거렸다.

"윽, 또 이러다니."

'—— 또?'

신자부로는 밝은 귀로 그 말을 듣고는 눈을 휘둥그레 떴다. 설마 이런 소동이 처음 있는 일이 아니라는 건가? 하지만 지금 이 순간에는 그 말이 무슨 뜻인지 캐물을 상황이 아니었다.

신자부로의 신속한 처치 덕분에 마사시게는 목숨을 건졌다. 하지만 당연히 당분간은 시중을 들 수 없었으며, 칼을 들고 달려든 사에몬은 처분을 받고 성 외곽 저택에서 사라졌다.

봄날 밤에 벌어져도 이상하지 않았던 참극이었다.

결과적으로 신자부로와 다른 한 신하가 한동안 히데아키를 상대하게 되어 부담이 늘고 말았지만, 죽은 사람이 나오지 않은 것만으로도 다행이었다.

"큰일이야. 온 지 얼마 안 됐는데, 자네에게 폐를 끼치는군."

후임을 찾는 데는 당분간 시간이 걸릴 거라 전하러 온 모리카츠가 미안하다는 듯한 표정으로 신자부로에게 사과했다. 그보다 신자부로는 이 노인에게 물어보고 싶은 것이 있었다.

"모리카츠 님. 이 저택에서 칼부림 사태가 일어난 일은 처음이 아닙니까?"

신자부로의 질문에 모리카츠는 난처한 표정을 지으며 "들었군." 하고 고개를 숙였다.

"자네 말대로일세. 실은 올해 들어 그만둔 자들도 도련님을 둘러싼 소동으로 내가 해임시켰다네."

"모리카츠 님께서."

신자부로는 한숨을 쉬는 것처럼 중얼거렸다. 모리카츠는 자신에게 '도망갔다'고 설명하지 않았나. 게다가 여태까지 자신이 들었던 소문도 그런 내용이었을 텐데.

"이런 일을 그대로 말할 수도 없어서 자네에게 도련님의 행동을 견디지 못해 도망쳤다고 말했지만…… 어째선지 도련님에게 집착하여 싸움을 일으키고 자멸하는 자들이 끊이질 않는다네."

"그러면 여태까지 이곳을 떠난 자들도 모두 도련님을 둘러싸고 소동을 일으킨 바람에 모리카츠 님께서 쫓아내신 겁니까?"

모리카츠는 말없이 고개를 끄덕였다. 신자부로는 악연실색하여 한동안 말을 잇지 못했다.

'그만큼 많은 자가 그 밤, 도련님에게 매혹됐었다니.'

머리로는 말도 안 된다고 생각하면서도 마음은 납득하고 말았다. 그 정체 모를 요염함, 사람이라고는 여겨지지 않는 아름다움, 그리고 그 광기 어린 행동, 그 모든 것이 남자의 마음을 유혹하고 어느새 포로로 만들어버리는 고혹적인 힘이 있었다.

"여태까지 처자식이 있는 자도 있었다네. 오로지 성실하고, 정사(情事) 같은 데 관심 없는 자도 있었어. 하지만 도련님을 섬기는 사이에 다들 이상해지고 말았어. 시중을 다 여자로 바꿀까도 생각했지만, 그 도련님의 억지 행동을 상대하는 건 역시 여자한테는 가혹하겠지. 영주님도 전쟁터에서 눈부신 활약을 한 자네를 좋게 보신다네. 남색을 즐기지도 않는다고 들었고. 난 자네 아버지 노부타카님에 대해서도 잘 알지. 신용할 수 있는 양반이야. 그렇기 때문에 아들인 자네라면 지금까지 있던 자들 같은 과오는 저지르지 않을 거라 생각했다네."

신자부로는 모리카츠의 말에 황송해하며 머리를 숙였고 자신을 이 자리에 앉힌 건 처음에 의심하던 쇼아미가 아니라는 사실에 약간 낙담했다. 자신은 누군가의 음모로 인해 이렇게 된 것이라 생각하고 싶었지만 그런 의도는 어디에도 없었으며, 그저 모리카츠의 판단이었다는 사실이 젊은 청년의 자존심을 상하게 했다.

'그건 그렇다 치더라도, 참 무서운 일이야. 이 외곽 저택 안에 이런 비밀이 있을 줄이야.'

히데아키는 자신 때문에 많은 남자가 미쳐 가는 모습을 바라보면서 더더욱 그 행동을 고치려 들진 않는 것인가? 아니, 애당초 그 도련님은 타인에게 철두철미하게 무관심하다. 그들은 그저 자신을 즐겁게 하는 도구였을 뿐이다. 그래서 망가져버려도 개의치 않았을 것이다.

하지만 변화는 일어나고 있었다. 그 참사가 있었던 밤부터 히데아키의 상태가 이상해진 것이다.

항상 침착성 없이 안절부절못했고, 눈은 주위를 두리번거리며 뭔가의 기척을 찾고 있었다. 여태까지는 보지 못한 모습이었다.

"도련님, 왜 그러십니까?" 라고 신자부로가 물어도 새파랗게 질린 얼굴로 아무것도 아니라며 입을 다물어버렸고 평소 흉포함도 모습을 감췄다.

그런 상태가 며칠 동안 이어진 어느 날 밤, 신자부로는 참으로 괴상한 장면을 목격하게 되었다.

보름달이 뜬 밤이었다. 문득 히데아키의 모습이 보이지 않는 것을 깨달은 신자부로는 저택의 방을 둘러보고, 정원을 구석구석 탐색했다.

예상한 대로 히데아키는 그곳에 있었다. 정원 구석에 있는 단풍나무 아래에서 손에 죽은 꿩을 든 채 목을 물어뜯고 있었다. 처음에는 고기를 탐하고 있는 거라 생각했지만 그렇지 않았다. 히데아키는 그저 무아지경으로 그 목에서 피를 빨고 있었다.

그것은 아마 식사를 차리기 위해 조리할 예정이었던 꿩일 것이다. 주방에서 몰래 가지고 나온 것임이 틀림없었다. 병약하다고 알려진 도련님이 이렇게 정원 구석에서 이런 식으로 몰래 꿩을 맛볼 줄 누가 알았을까?

"도, 도련님."

무의식중에 도련님을 부르는 목소리가 떨렸다. 히데아키는 신자부로의 목소리를 듣고 정신을 찾은 모습으로 돌아보았다. 빨간 입술은 꿩의 피로 더욱더 빨갛게 물들었으며, 하얀 뺨은 황홀하고 은은하게 상기되어 있었다. 반짝반짝 빛나는 눈동자는 마치 야수와 같았다. 하지만 그 눈빛은 겁을 먹어 미덥지 못하게 흔들리고 있었다.

"뭐 하시는 겁니까?"

"아니……, 이건."

히데아키는 날카로운 목소리로 신음하더니,

"몸에 좋다고 들어서 말이다. 난 피도 열어서……."

더듬거리는 말투로 그렇게 변명했다.

그러나 곧바로 신자부로의 경직된 표정과 자신의 손에 들린 꿩의 시체를 번갈아 보더니, 얼굴을 찡그리고 흐느껴 울기 시작했다.

"신자부로. 겁먹지 마라. 부탁이다. 날 경멸하지 마라."

신자부로는 누가 심장을 움켜쥔 것 같은 느낌이 든 나머지, 그 자리에 서서 꼼짝도 하지 못했다. 이렇게나 약한 모습을 드러낸 히데아키는 처음 보았다.

"나도 어떻게 하면 좋을지 모르겠다. 예전부터 난 붉은 피를 보면 목이 말라. 물을 마셔도, 차를 마셔도 갈증은 나아지지 않아. 진짜 피가 이 목을 적실 때까지."

"도련님……."

"이건 업보야. 마치 진짜 귀신 같지. 스스로는 어떻게 할 수도 없다. 이런 나 같은 멀쩡한 인간이 되지 못하는 얼간이는……."

그 떨리는 작은 어깨를 보자, 신자부로의 가슴에 갑자기 격렬한 감정이 생겨났고 어쩔 줄 몰라 저도 모르게 그 가슴 안에 도련님을 꽉 껴안았다. 히데아키는 커다란 눈을 한층 크게 뜨고 숨을 죽였다.

"도련님……. 도련님은 얼간이가 아니십니다."

"신자부로."

"괜찮습니다. 분명히……, 괜찮으실 겁니다."

신자부로 스스로도 뭐가 괜찮다는 건지 알 수 없었다. 자신도 히데아키를 그렇게 평가했음에도 히데아키가 스스로를 귀신이라고 말하는 것이 너무나도 불쌍하게 느껴졌다.

'그래. 난 이 사람을 귀신이라고…… 얼간이라고 생각했는데.'

신자부로는 자신의 심경 변화에 매우 당혹스러워했다.

하지만 겁먹은 얼굴을 하고 괴상한 행동을 보인 것에 동요하는 도련님의 모습은 평소 자신보다도 큰 남자들을 괴롭히며 즐기는, 교만한 태도로 신하들을 농락하는 모습과 달랐다. 그리고 그 모습을 보자 신자부로는 어떤 사실을 떠올렸다.

'얼간이……. 그렇게 부르기에 이 사람은 너무 어려.'

마치 못된 장난을 쳐서 혼난 아이 같았다. 해서는 안 된다고 누가 보면 호되게 혼날 것을 알면서도 이 도련님은 짐승의 피를 빠는 행위를 멈추지 못했다. 해서는 안 되는 짓이라는 걸 아는데도 사람이 물을 원하듯, 그저 숨을 쉬듯, 살기 위해 포기할 수 없었던 것이다.

그런 고민을 이 작은 몸에 혼자서 몰래 담아두고 있었다. 도련님은 신자부로보다도 훨씬 어리고, 겉모습은 실제 나이보다도 훨씬 어려 보였다. 신자부로는 평소의 오만한 모습과 그 요염함 때문에 히데아키의 나이도 잊고 있었지만, 히데아키는 아직 세상을 모르는 천진난만한 도련님이었다.

그 어린 모습이 이 기이한 버릇을 들켰다는 동요로 인해 처음으로 얼굴에 드러났다.

생각해보면 처음 만났을 때부터 위압감을 느낀 건 신자부로였다. 그런 이유로 분한 마음도 들었고, 이 외곽 저택의 분위기에 휩쓸리지 않도록 도련님을 완전히 경계하며 긴장하고 있었다.

하지만 도련님은 아직 어렸다. 신자부로는 그 사실을 완전히 잊고 있었던 것이다.

보름달이 뜬 밤에 있었던 그 사건은 신자부로와 히데아키의 관계를 크게 바꿨다.

그로부터 히데아키는 신자부로에게만은 그 흡혈 행위를 보이는 것을 꺼리지 않게 되었다.

하지만 자신의 행위를 창피해하는 건지, 피를 빨면서 눈물을 흘릴 때도 있었고, 그런 히데아키를 보면서 신자부로는 처음에 그랬던 것처럼 자신의 품에 끌어안을 수 밖에 없었다.

"그대는 내가 무섭지 않으냐?"

"무섭지 않습니다."

"내 곁을 떠나고 싶다고 생각하지 않느냐?"

"생각하지 않습니다."

히데아키는 신자부로의 막힘 없는 대답에 그의 품 안에서 눈물에 젖은 뺨을 희미하게 붉혔다.

"그대는 다정하구나."

고개를 들고 신자부로를 보며 순진무구한 미소를 짓는 가련한 모습은 조금 전까지 짐승의 피를 빨던 사람이라고는 생각할 수 없었다. 그저 그 입술을 적신 처절하게 아름다운 붉은색만이 이 도련님의 상식을 벗어난 행동을 암시할 뿐이었다.

"나는 그대를 오해하고 있었어. 나한테 오게 된 게 참을 수 없이 싫어서 날 경멸하고, 한시라도 빨리 여기서 도망치고 싶어 하는 녀석이라 생각했네."

신자부로는 내심 흠칫했다. 모두 간파하고 있었던 것이다.

'역시 날카로운 관찰력을 가지고 있는 이 도련님은 바보가 아니야.'

아니, 분명히 본인에게 열등감이 있기 때문에 그 점을 감추기 위해 타인을 보는 감각이 예민해져 있을 것이다. 그건 자신의 길에만 매진하며, 야망을 품고 오로지 앞만을 보면서 돌진하는 신자부로에게는 없는 능력이었다.

"친어머니조차 내 이 행위에 겁을 먹고 날 멀리했는데, 어째서 그대는 날 무서워하지 않을까?"

'친어머니조차.'

신자부로는 충격을 받아 그 순간 퍼뜩 깨달았다. 그러고 보니 자신이 이곳에 온 지 벌써 한 달이나 지났는데 아직 영주님과 히데아키의 친어머니인 정실, 오후쿠 님이 이곳에 얼굴을 비춘 적은 없었다.

'피가 섞인 가족도 멀리하다니.'

이 얼마나 불쌍한 도련님인가. 병약하고 전쟁에 도움이 안 되는 쓸모없는 존재라고는 해도 부모가 돌봐주지 않는다니, 너무나도 슬픈 일이었다.

도련님 존재 자체에 부정적이던 신자부로였지만, 이 이단자인 도련님의 처지를 조금씩 알게 됨에 따라 동정을 품기 시작했다. 병약하고, 온실 속 화초처럼 자라 세상 힘든 것 모르고 누구에게나 응석을 부리며 자라 교만해진 줄 알았는데, 아무래도 그뿐만은 아닌 것 같다. 히데아키가 폭군이 된 건 아마도 외로움에서 생겨난 충족되지 못하는 감정과 부모의 사랑을 잃은 원인이 된 자신의 불운한 성벽을 향한 자포자기적 분노가 있기 때문은 아닐까?

"도련님. 도련님은 피를 보면 목이 마르십니까?"

"아니. 보지 않아도 피를 마시지 않은 상태로 며칠이나 지나면 마시고 싶어져. 되도록 참고는 있지만, 피를 보면 어찌할 수 없게 되어버리지."

"항상 이렇게 주방에서 짐승을 가지고 나오십니까?"

"응."

히데아키는 고개를 끄덕이며 조심조심 신자부로를 살피는 눈초리로 "덫에 걸린 쥐나 마당에서 죽은 짐승이 있으면 그 피를 빨 때도 있어."라고 덧붙였다.

"역시 해서는 안 되는 짓일까?"

"아니요. ── 도련님이 원하신다는 건 즉 도련님의 몸이 원하고 있다는 거겠죠. 참으시면 오히려 좋지 않을지도 모릅니다."

"응."

히데아키는 그렇게 또 아이처럼 솔직하게 수긍했다. 신자부로는 이 도련님이 자신에게 미움을 받을 것을 두려워하게 되었다는 사실을 민감하게 느끼고 있었다. 피를 빠는 기괴한 성벽을 보고도 자신을 부정하지 않은 남자에게 신뢰를 품어 가고 있는 것이다.

그렇게 생각하자, 신자부로의 마음은 뭐라 말할 수 없는 뿌듯함으로 가득 찼다. 그 순진한 폭군이, 신하를 그저 장난감으로만 다루던 여왕님 같던 히데아키가 이처럼 순종적인 태도를 보이는 건 그것만으로도 지효성이 있는 독처럼 늠름한 청년의 사지를, 뇌를 마비시켜 가는 매혹적인 곡조와도 같았다.

마사시게의 피를 뒤집어쓰고 나서부터 히데아키는 거의 매일 주방에서 짐승을 가지고 나와 그 피를 빨았다. 바로 정면에서 세차게 뿜어진 피를 맞은 탓에 흥분이 가라앉지 않는 것일까? 어쩌면 신자부로라는 자신을 이해해주는 사람을 얻어 그 빈도가 늘고 만 것일지도 모른다.

"오늘 밤에는 주방에 짐승이 없었어."

그날 밤 신자부로와 단둘이 되자, 히데아키는 아쉽다는 듯이 그렇게 중얼거렸다.

"아마 내일 아침에 들어오겠지. 오늘 밤은 참아야 한다."

"그렇군요."

여태까지 매일 밤 피를 빨아 온 탓인지, 히데아키는 조금 침착하지 못했다. 신자부로는 피에 굶주린 그 모습을 불쌍하게 여기면서도, 자신 또한 침착하지 못하다는 것을 느꼈다. 마치 어미 새가 아기 새에게 먹이를 주듯 이 사람을 만족시켜주고 싶은 마음이 드는 것이다.

"항상 직접 주방에서 짐승을 가지고 오십니까?"

"응. 그렇지."

"여태까지 그 모습을 누군가에게 들킨 적은 없으십니까?"

히데아키는 호리호리한 손가락을 턱에 대고 살짝 생각에 잠겼다.

"할아범은 알아. 어머님도. 아마 아버님도 아실 거야. 하지만 다른 사람에게 들키지 않으려고 노력해 왔지. 할아범도 그렇게 말하니까, 나도 누가 봐선 안 된다는 건 알아."

"그러면 제가 우연히 보고 말았던 것이군요"

언제부터인가 신자부로는 마치 대등한 사람 앞에서 이야기하는 것처럼 자신을 저라고 말하고 있었다.

"도련님, 이제 와서 하는 말이지만……, 죄송했습니다. 저는 절대 이 일을 다른 사람에게 말하지 않겠습니다."

"응. ……미안하네."

히데아키는 고개를 끄덕이며 슬픈 듯 긴 속눈썹을 내리깔았다.

"내 몸이 더 성장해서 건강해지면 이 지겨운 병도 없어질까?"

"그건 저도 모르지만, 피를 빨고 나서 몸 상태가 좋아진다면 무리해서 그만두실 필요는 없지 않을까요?"

피를 원하는 병 같은 건 들어본 적이 없지만, 히데아키가 피를 빨고 나면 피부가 평소보다도 생기가 돌고 빛이 나 보였다. 흡혈 행위가 어떠한 약이 되고 있을 가능성은 부정할 수 없었다.

"만약……."

피를 원하는 히데아키의 모습을 보다 못한 신자부로가 입을 열었다.

"만약 또 피를 원하게 되신다면 제게 말씀해주세요. 도련님을 위해 얼마든지 짐승의 숨통을 끊어 오겠습니다."

"진심인가?"

그 제안을 들은 히데아키는 믿을 수 없다는 얼굴로 눈을 휘둥그레 떴다.

"하지만 그게 가능한가?"

"물론입니다. 저도 평소에 사냥을 즐기거든요. 도련님은 아무 걱정 하지 않으셔도 됩니다."

히데아키는 그저 고개를 끄덕였다. 그리고 새삼 매우 부끄럽다는 듯 고개를 돌렸다.

"수고를 끼치는구나."

"아니요, 그렇지 않습니다."

히데아키가 노고를 위로하고 사과하는 말을 한 적이 처음이었기 때문에 신자부로는 일종의 감동을 느꼈다. 그만큼 누군가에게 흡혈 행위를 들킨 것은 히데아키를 궁지로 몰아넣었던 것이다.

"그대가 날 무서워하지도 않고, 도망치지도 않고 이렇게 다정하게 대해주는 게 무섭다."

히데아키는 갑자기 그렇게 푸념하며 "어째서지?"라고 물었다.

그러나 신자부로도 그 이유를 알 수 없었다. 단지 동정했다. 불쌍하게 여겼다. 그렇게 말하면 히데아키는 마음에 상처를 입겠지만, 달리 설명할 수가 없었다.

그렇지만 여태까지 느껴본 적이 없는 감정이 신자부로의 가슴에 싹튼 것은 사실이다. 불손하고 거만한 청년은 전쟁터에서 사람을 베어 죽일 때조차 타인에게 연민의 정 자체를 느낀 적이 없었다. 그런 감정을 품고 있으면 무사로서 싸울 수 없기 때문이다.

하지만 히데아키를 보고 있으면 무언가 불쌍하다는 마음 외에도 말로는 표현할 수 없는 이상한 정을 느꼈다. 물론 그건 피를 빠는 모습을 보고 난 이후의 일이다. 여태까지의 처사를 생각하면 약점을 잡았다고 통쾌하게 여기고도 남았을 텐데, 그런 기분도 들지 않았다.

그저 자신의 기묘한 성벽 때문에 주변의 모든 사람으로부터 버림받고 밤의 세계에서 남자들을 상대로 그 울분을 푸는 히데아키를 가엾다고 느끼고 말았다. 그리고 어떻게 해서든 편안한 기분을 느끼게 해주고 싶다고 신자부로답지 않은 생각을 했다.

그 다음 날, 신자부로는 모리카츠에게 히데아키의 기괴한 버릇을 겨우 보고했다.

아무한테도 말하지 않을 생각이었지만, 모리카츠도 안다는 사실을 듣고 역시 자신도 그 모습을 봤다고 고백하는 편이 좋을 거라 판단했기 때문이다.

"그래. 보고 말았군."

모리카츠는 암담한 표정으로 탄식했다.

"그 행동이야말로 도련님이 그곳으로 쫓겨난 가장 큰 이유일세. 피를 마시는 그 저주스러운 기벽이야말로."

"그건 대체 어떻게 된 일입니까?"

모리카츠는 그저 고개를 저었다.

"모르겠네. 단지 후지요시 가문이 근친혼을 거듭해 왔기에 생긴 정신병이라고도, 우노 가문의 저주라고도 하더군."

"우노 가문……."

우노 가문은 후지요시 가문이 일찍이 섬겼던 주인이다. 후지요시 가문은 우노 가문을 배신하고 내란을 일으켜 미노노쿠니의 영주가 된 것이다.

이 난세에 하극상도, 배신도 드문 일은 아니었다. 하지만 현재 당주 히데이에는 수단을 가리지 않는 잔학한 군주였으며, 그 처사도 가혹했다. 지금은 파죽지세로 주변 나라를 연달아 지배하에 놓고 있지만, 저주라고 한다면 우노 가문 외에도 수많은 저주가 이 가문을 덮치고 있을 것이다.

"그러면 여태까지 후지요시 가문에 히데아키 님 같은 성벽을 가진 자가 있었던 것입니까?"

"아니, 그런 행위를 즐긴 건 도련님 한 분이라 생각되지만……. 허약하고 어린 나이에 돌아가신 분들은 다수 있다고 들었네."

"그 성벽을 아시는 분은 모리카츠 님과 부모님뿐이라고 들었습니다만."

"맞아, 그렇네."

모리카츠는 눈을 감고 고개를 저었다.

"불쌍하시기도 하지, 그 성벽 때문에 미움을 받아 친어머니인 오후쿠 님조차 도련님의 방에는 가까이 가지 않으신다네. 부모인 두 분께서 얼굴을 비추지 않으신 지 벌써 몇 년이나 됐는지."

"그렇게나 오랫동안."

"두 분께서는 도련님을 잊고 싶으실 걸세. 아니, 영주님께서는 어떻게 생각하시는지 모르겠지만, 적어도 오후쿠 님께서는 직접 그렇게 말씀하셨네. 저것을 낳은 사실을 잊고 싶다고."

"네?"

신자부로가 눈을 크게 뜨자, 모리카츠는 말이 지나쳤다고 느꼈는지 "지금 이야기는 잊어주게." 하고 얼굴을 찡그렸다.

설령 저주스러운 병이 있다 하더라도 친자식을 낳지 않았으면 좋았을 거라는 생각 따위를 하는 어머니가 있을까? 신자부로는 자신의 어머니를 떠올렸다. 아버지는 어머니를 깊이 사랑하여 어머니가 권하는데도 다른 측실도 맞이하지 않았으며, 나이가 든 현재까지 두 분은 금슬이 좋았다. 삼남을 낳았고, 그림으로 그린 듯한 행복한 가정이었다고 생각하지만, 그건 아들들이 모두 멀쩡하게 태어났기 때문이었을까?

신자부로는 튼튼했으며, 큰형도 창의 명수로 평판이 자자했다. 하지만 다소 병약한 작은형은 군사로서는 우수해도 무용이 빼어나다고는 도저히 말할 수 없었다. 어릴 적에는 자주 열이 난 탓에 장래도 걱정됐다고는 하나, 어머니는 특히 몸이 약한 차남을 사랑했다. 병을 자주 앓는 몸으로 태어나버린 건 자신 탓이라는 말까지 하며 다른 아이들보다도 한층 더 신경을 썼다.

하지만 모든 여자가 자신의 어머니 같은 생각을 가지고 있진 않을 것이다. 신자부로는 왠지 머쓱해졌다.

히데아키의 친어머니이자 영주 히데이에의 정실인 오후쿠는 멀리서지만 본 적은 있다. 히데아키만 못하지만 아름다운 외모와 표정을 읽을 수 없는 차가운 얼굴을 가진 여자였다. 지나치게 창백한 피부에, 가늘고 자그마한 몸은 무척이나 연약해보여서 아이도 갖기 힘들 것 같았다.

그러나 어떤 천성의 여자라 할지라도 아이에게 있어 엄마는 엄마. 버림받은 히데아키는 자신의 존재를 전부 부정당한 듯한 기분이 들었을 것이다.

'불쌍하기도 하지.'

신자부로는 자연스럽게 그런 생각을 하게 되었으며 아무런 정도 없었던 이전과 지금의 모습은 마치 다른 사람 같다고 생각했다.

그 일이 있고 나서도 표면상 신자부로를 대하는 히데아키의 태도는 변함이 없었다. 평소처럼 흉포하고, 기분에 따라 다정하게 대하기도, 때리거나 할퀴기도 했다. 하지만 피에 대한 갈망을 입에 담을 때만은 신자부로에게 순종적이었다.

"신자부로. 그대가 잡아다준 사냥감의 맛은 특히 달콤하구나."

히데아키는 신자부로가 잡아 온 새끼 여우의 피를 마시면서 황홀한 미소를 지었다.

다른 신하를 물러가게 한 후 흡혈을 즐기는 이 비밀스러운 한때는 이윽고 신자부로에게도 기분 좋고 달콤한 시간이 되어 갔다.

"맛있다. 아직 살아 있는 것 같은 맛이 나."

"저녁에 막 잡은 사냥감이니까요."

"과연, 그래서였구나. 죽고 나서 시간이 지난 피는 맛이 없어. 사실을 말하면 살아 있는 피가 제일 맛있겠지만."

"맛은 사냥감의 종류에 따라 다른가요?"

"음. 나는 생선은 별로 좋아하지 않아. 뱀은 생선보다도 맛있지. 하지만 뱀보다도 새가, 새보다도 여우가 맛있어. 법칙은 잘 몰라."

혹시나 사람에 가까울수록 맛있다고 느끼는 게 아닐까? 문득 그렇게 말하려던 신자부로는 마음을 돌렸다. 그러면 마치 사람의 피를 원하는 진정한 귀신 같았기 때문에 분명히 히데아키가 슬퍼할 것이다.

"언젠가 그대가 사냥하는 모습을 보고 싶구나."

"하지만 사냥은 해가 떴을 때가 아니면 할 수 없습니다. 도련님의 옥체로는…….”

“밤에는 사냥을 하지 못하는가?”

“저는 첩자처럼 밤눈이 밝지 않으니까요.”

“흐음. 아쉽구나. 내 눈은 밤에 더 잘 보인다. 햇빛은 눈부셔서 견딜 수가 없어.”

히데아키는 커다랗고 까만 눈동자를 번뜩였다. 히데아키의 새까만 눈동자는 피를 마시면 생기를 얻어 촉촉하게 빛났다. 별들의 반짝임을 가둬 놓은 듯한 칠흑은 무척 아름다웠다.

동정과 연민뿐이었던 신자부로의 마음은 이윽고 괴이한 분위기에 흐트러지기 시작했다. 유곽에 가서 여자를 안으려 해도 히데아키의 생활에 맞춰진 지금 상황에서는 그것조차 마음대로 되지 않았다.

잡념을 떨쳐버리고자 필사적으로 수련에 힘썼지만, 몇 번이나 검을 휘두르고 화살을 쏴도 젊은 육체에 맺힌 욕망은 탁해질 뿐이었다. 원래 다른 사람보다도 그런 욕구가 강한 신자부로였기에 스스로 처리하는 것만으로는 도저히 욕구가 해소되지 않았다.

그러는 동안 불행인지 다행인지 그 소동 후에 남았던 다른 한 신하가 병으로 쓰러졌다. 히데아키의 시중은 당분간 신자부로 혼자서 하게 되었고, 자연스럽게 둘이서 지내는 시간은 늘어나고 말았다.

신자부로가 가장 궁지에 몰린 건 히데아키의 목욕 시간이었다. 그렇지 않아도 위험한 상황인데, 알몸을 직접 보고 만다면 스스로가 어떻게 될지 알 수 없었다. 가급적 시선을 피하면서 히데아키의 등을 씻긴 다음, 옥 같은 피부에 흐르는 물방울을 닦아 내고는 새 유카타를 입혔다.

"신자부로. 아버님에 대해 어떻게 생각하느냐?"

히데아키는 잠들 때까지 머리맡에서 신자부로를 놓아주지 않았다. 이불에 몸을 누이면서 곁에 있는 신자부로에게 띄엄띄엄 계속 이야기를 했다.

"천하제일 훌륭하신 군주이십니다. 언젠가 세상을 지배하실 분이시죠."

"그 아버지의 포학함 때문에 내가 이런 몸이 됐는데도 말인가?"

신자부로가 어떻게 대답해야 할지 난처해하자, 히데아키는 낮은 목소리로 웃었다.

"농담이야. 그런 소문은 믿지 않아. 이 난세에 포학함도 저주도 뭐 하나 말이 되는가?"

그렇게 익살맞은 말투로 푸념하는 한편,

"하지만 오래된 신하들 중에는 아버님의 방식에 반발하는 자가 많다고 들었다. 숙부도 일찍이 가신들이 부추겨 모반을 일으켰을 정도니까. 아버님께는 용서를 받았지만, 난 이걸로 끝날 거라곤 생각하지 않는다. 반드시 불씨가 또 집안의 큰 불을 일으킬 것이다. 이런 곳에 있어도 그 낌새가 느껴질 정도니까."

평소에 보이는 어린 모습과 어울리지 않게 객관적이고 날카롭게 집안 문제를 지적했다.

신자부로는 점점 확실하게 느껴지는 히데아키의 총명함에 혀를 내둘렀다. 히데아키는 이런 저택 안에 처박혀진 채 후지요시 가문을 냉정하게 바라보고 있던 것이다. 불운한 체질만 아니었다면 분명히 훌륭하게 가문의 대를 이었을 거라 생각될 만큼 재능이 있었다.

“있지, 신자부로. 그대는 어떻게 생각하나?”

“무슨 말씀이신지요?”

“만약 또다시 모반이 일어나서…… 가령 그대의 아버지가 내 아버님을 치려고 한다면 그대는 어떻게 할 건가?”

“물론 영주님을 도와드릴 겁니다.”

신자부로는 주저 없이 대답했다.

“영주님께서 천하의 정권을 잡으시도록 돕는 것이 제 꿈입니다.”

“피보다도 주인을 따르겠다는 건가?”

“네.”

“그럼 나라면 어떻게 할 건가?”

히데아키는 몸을 일으키고는, 짓궂게 눈을 반짝이며 신자부로를 응시했다. 그 눈길을 받자, 신자부로의 늠름한 몸은 가위에 눌리기라도 한 것처럼 꼼짝도 하지 못했다.

“내가 내 아버님을 반역하는 쪽에 동조하여 그 우두머리로 추대되면 어떻게 할 건가?”

“아……, 그건.”

엉겁결에 대답을 망설였다. 그리고 그 모습을 놓칠 히데아키가 아니었다.

“왜 망설이느냐!”

히데아키는 앙칼진 목소리로 소리치며 이불을 박차고 일어났다.

“그대는 나보다도 아버님을 좋아하는구나. 나 같은 건 역시 쓸모없는 멍청이라 여기는 거야.”

“아, 아닙니다, 결코 그렇게 생각하지 않습니다.”

“이 바보, 바보!”

가녀린 몸이 신자부로의 커다란 몸에 맹렬하게 달려들더니, 그 두툼한 가슴팍에 냅다 주먹을 휘둘렀다.

그런 충격은 벌레가 앉은 정도로밖에 느껴지지 않았지만, 히데아키가 너무나도 가까이 다가온 것이 문제였다. 그윽하고 달콤한 피부의 향기, 눈이 뒤집힐 듯한 절세 미모. 신자부로는 차오르는 숨을 열심히 참으면서 어떻게든 히데아키를 달래고자 필사적으로 더 이상 기분을 상하게 하지 않기 위해 그가 말하는 대로 했다.

“나를 제일 좋아한다고 말해보거라!”

“히……히데아키 님을 제일 좋아합니다.”

“다시 한 번! 다시 한 번 말해보거라!”

“히데아키 님을 제일 좋아합니다!”

“안 돼, 안 돼! 못 믿겠다!”

히데아키는 신자부로를 발로 차서 쓰러뜨려 그 위에 올라타더니, 얼굴과 머리를 마구 할퀴어 댔다. 아플 정도로 긴장한 허리 위에서 천진난만하게 밀어붙이는 부드러운 엉덩이 때문에 신자부로는 피가 역류하여 눈앞이 새까매지며 욕망으로 인해 이성을 잃기 직전이었다.

히데아키는 신자부로를 놀라게 할 만큼 말투가 이지적인 한편, 이렇게 아직 나이 어린 아이처럼 발끈하는 버릇은 변함이 없었다. 오히려 그 점은 의식적으로 그렇게 하는 것처럼 느껴졌다.

그 증거로, 무리한 행동을 할 때 히데아키는 무척이나 즐거워하는 모습이었다. 이 불우한 도련님은 일부러 이렇게 어린아이 같은 짓을 한다 —— 그 사실을 깨닫고 나서부터 신자부로는 이 행동이 신하를 골탕 먹이기 위한 것만이 아니라 어쩌면 응석 부리고 싶어 하는 히데아키의 마음이 아닐까 생각하기 시작했다.

처음에는 그저 남자들을 장난감으로 삼음으로써 평소의 울분을 풀고 있다고 생각했지만, 아무래도 그런 건 아닌 듯했다. 히데아키는 이렇게 막무가내로 버릇없이 행동함으로써 상대의 정을 재고 있다. 자신의 흉포함을 얼마나 받아주는지를 시험하고 있는 것이다.

하지만 히데아키의 주위에 있는 자들은 모두 히데아키를 섬기는 신하였다. 그 누구도 저항할 리가 없었다.

분명히 그렇게 제어력을 잃어 간 게 틀림없다. 히데아키의 이 상식에 벗어난 행동거지는 도련님 특유의 어리광이기도 했다. 부모의 사랑을 모르는 히데아키가 본인 나름대로 생각한 친애의 증표인 것이다.

신자부로는 그것을 알고 나니 그 신하들이 맞거나 긁히거나 할 때에 기쁨을 느끼던 그 마음을 이해하게 되었다.

'나까지 이대로 도련님의 개가 되고 마는 것인가.'

자신이 그만큼 백안시했던 그자들과 같은 곳에 떨어지려 하고 있었다. 게다가 그들에 비할 바가 아니었다. 신자부로는 도련님에게 흡혈을 할 수 있도록 먹이를 바치는, 일종의 공범 행위에 의해 일반 신하들보다도 히데아키의 세계에 더 가깝게 다가가고 말았다.

이윽고 신자부로는 히데아키와 떨어져 있는 동안에도 그 그림자에 번뇌하게 되었다.

짐승처럼 도련님을 안는, 음란한 꿈을 꾸고 마는 것이다.

꿈속에서 히데아키는 신자부로에게 안기면서 그의 목을 덥석 물고 신자부로의 피를 빨았다. 부드러운 가죽 같은 피부에 착 달라붙는 차가운 입술, 그리고 축축하게 기어 다니는 부드러운 혀. 모두가 무척이나 신선했으며, 또한 가련한 항문에 밀어 넣은 음경을 조이며 꿈틀거리는 속살은 여태까지 경험한 적이 없을 만큼 감미로웠다.

도련님의 알몸을 제대로 본 적이 없는데도 꿈속에서 도련님의 몸은 정확하고 세밀했으며, 나긋나긋하고 가녀린 팔다리는 흰색 뱀처럼 신자부로에게 매달려 더욱더 원한다고 탐욕스럽게 졸라 대며 떨어지지 않았다.

'아아, 도련님…….'

정신을 잃을 듯한 쾌감에 헐떡이며 깊은 곳에 사정한 그 순간, 신자부로는 눈을 떴다.

지금 본 도원경이 꿈이었음을 알아차렸을 때, 신자부로는 비할 데 없는 안도감과 허탈함과 같은 실망감을 맛보았다. 그리고 이부자리를 더럽혔다는 사실을 깨달았다.

소년 시절 이후로 처음 있는 추태였다. 그리고 마침내 꿈속에서 욕망을 이루고 만 자신이 믿기지 않는 신자부로는 후회와 한심함에 이불 위에서 신음했다.

그런 일이 이틀 밤, 사흘 밤 계속되자 드디어 히데아키를 향한 욕정은 참을 수 없게 됐다. 그걸 아는지 모르는지, 히데아키는 점점 무리한 처사를 하기 시작했다.

이윽고 그 행위는 두 사람을 피하려고 해도 피할 수 없는 지경까지 끌고 가버렸다.

암흑으로 뻗은 길은 끝없이 이어져 갔다. 그 목적지는 아무도 몰랐다.

짐승 같은 신하

처음에 그자를 봤을 때, 히데아키는 몇 년 전에 뵌 아버지를 떠올렸다.

어느샌가 없어진 신하 대신에 데려온 남자, 쿠라마 신자부로.

아무리 봐도 사람을 따르지 않는 야생 짐승처럼 그 늠름하고 두터운 어깨에서는 사나운 기백이 넘쳤으며, 언뜻 보면 시원시원하고 아름다운 그 눈에는 사람을 사람이라 여기지 않는 불손한 빛이 감돌았다. 여태까지 본 남자들 중에서 가장 미남자였지만, 동시에 가장 대담한 얼굴이기도 했다.

야망을 품은 눈──목적을 위해서는 어떤 일도 마다하지 않는 거만한 지배자의 눈이었다.

'틀림없이 여기로 오게 되어서 억울해서 미치겠다는 심정이겠지.'

보기만 해도 야심이 넘치는 이 남자가 출세할 가망도 없는 외곽 저택 안에 갇힌 당주 아들의 신하 따위에 진심으로 만족할 리가 없었다. 남자는 자신의 미모에는 전혀 무관심한 것처럼 느껴졌다. 신자부로에게서는 무사에게 외모는 무의미하다고 말하는 것처럼 그저 무용과 피에 의한 승리만을 중요시하는 흙내 나는 난세의 향기가 감돌았다.

히데아키는 그것을 꿰뚫어보고 조용히 신자부로를 관찰했다. 그렇게나 이곳을 나가고 싶다면 자신이 일부러 이 남자를 지명한 것도 아니니, 마음대로 나가면 된다. 항상 바라지도 않는데 신하들이 찾아오고, 어느샌가 사라졌다.

'딱히 누구든 상관없어.'

이곳에 누군가 있어 준다면. 히데아키 혼자만 있는 것이 아니라면 누가 있는들 상관없다.

히데아키는 누군가가 자신을 이해해줬으면 좋겠다거나 상대를 이해하고 싶다는 생각은 조금도 하지 않았다. 단지 외로운 게 싫을 뿐이다. 사람의 체온이 그리운 것뿐이다.

아무도 곁에 없게 되면 자신은 아무도 모르게 숨을 거두고 마는 게 아닐까? 그런 기분마저 들었다.

'어차피 이 남자도 지금까지 있었던 남자들과 다를 바 없겠지.'

처음에는 반발하다가 점차 태도가 부드러워지더니, 어느새 갑자기 끈적끈적한 시선으로 히데아키를 좇게 될 것이다.

그리고 모두가 다 그것을 부풀린 채 숨을 거칠게 쉬면서 진짜 짐승처럼 되고 말 것이다.

'그 물건은 어째서 그렇게 되고 마는 걸까?'

히데아키는 항상 의아하게 여겼다. 남자들이 부풀리는 것은 위치적으로 봤을 때 히데아키도 가지고 있는 가랑이 사이에서 늘어진 육체의 일부였다.

이건 분명히 흥미로운 반응이었다. 알고는 있지만, 히데아키에게 있어 그것은 아무래도 좋은, 단순한 배설기관에 지나지 않았다. 자신의 손으로 만진 적도 제대로 없을뿐더러, 그것이 변화하는 것을 본 적도 없었다. 그곳에 뭔가 특별한 감각을 느낀 적조차 없었다.

그것이 아이를 낳는 데 필요한 성기라는 건 지식으로 알고 있었다. 하지만 히데아키의 그것은 아무래도 기능하고 있지 않은 듯했다. 아주 쓸모없는 몸이라는 생각에 히데아키는 허무해졌다.

그것을 눈앞에서 쓸데없이 부풀려 보이는 남자들이 어떤 의미로는 샘이 났고, 우스꽝스러웠다. 번식 상대가 없는데 그런 상태가 되는 건 쓸데없는 짓일 뿐이기 때문이다.

'나는 분명히 아내를 맞이하는 일이 없을 거야. 아이를 만들지도 않겠지. 아버님도 어머님도 바라지 않으시니까.'

히데아키는 원치 않는 아이였다. 밤이 아니면 살지 못하는, 피를 마시는 귀신. 그런 자신의 씨를 이 세상에 뿌리길 바라지 않는 주위의 생각이 히데아키의 그 능력을 없애버린 것이 틀림없었다.

그 증거로, 히데아키의 주변에서 일하는 여자들로 말할 것 같으면 이미 가임기가 지난 늙은 여자들뿐이었다. 그것도 세탁과 취사 같은, 히데아키의 눈에 들지 않고 뒤에서 하는 일뿐이었다. 직접 시중을 드는 건 전부 남자였다. 자칫 잘못해서 아이를 낳으면 곤란하다는 배려인 것일까? 아니, 애당초 사람이 아니기 때문에 사람과의 아이를 낳게 하지 않는 게 도리인 걸지도 모른다.

히데아키는 철이 든 이후에 젊은 여자를 본 적이 없다. 책에 나오는 미녀에 관련된 대목을 읽고 틀림없이 여자는 사랑스럽겠지, 좋은 향기가 나겠지, 하는 생각은 들지만, 히데아키는 이성에게든 자기 자신에게든 그다지 관심이 없었다. 몸은 성인에 가까워도 남자로서 전혀 성장할 징조가 보이지 않았다. 그리고 히데아키의 몸은 어느 순간부터 완전히 남자로 변하길 잊어버린 것처럼 중성적인 외모를 남겨 둔 채 진행을 멈춰버리고 말았다.

부모에게서 버림받았다는 사실을 깨달았을 때, 히데아키는 모든 것에 대한 관심을 버렸다. 교육 담당인 모리카츠가 주는 책도 한 번 읽으면 다 외워버렸지만, 그 사실을 감추고 바보인 척 연기했다. 어차피 미래 따윈 없는 자신에게 이 착한 노인을 기대하게 만들어버리는 것도 불쌍한 데다, 과대평가되어 자신을 대의명분으로 앞세우는 모반 세력의 광대가 되는 것도 질색이었다.

모든 현상은 히데아키의 위를 소리도 없이 스쳐 지나가는 산들바람과 같았다. 신자부로도 그중 하나였다.

하지만 예상과는 달리, 그 남자는 히데아키에게 있어 특별한 존재가 되고 말았다. 그 기괴한 버릇을 목격했는데도 그 행위를 허용했을 뿐만 아니라, 그 저주스러운 욕망의 조력자까지 되겠다고 말했기 때문이다.

"도련님, 오늘 밤 사냥감은 어떠십니까?"

토끼의 연한 목 끝을 물어뜯어 피를 빨자, 아직 따뜻하고 부드러운 달콤함이 느껴졌다.

"응, 맛있어. 방금 잡은 것 같구나."

"그렇습니다."

신자부로는 뜻했던 말을 들어서 만족하며 환하게 미소를 지었다. 히데아키는 저도 모르게 피를 마시던 동작을 멈추고는 가만히 그 얼굴을 쳐다보았다.

히데아키는 신자부로의 웃는 얼굴을 좋아했다. 남자의 사나운 얼굴이 일그러지며 다른 사람처럼 천진난만한 모습으로 변하는 것이 재미있어서 어쩔 줄 몰랐다.

"아까 정원을 헤매던 토끼입니다. 활을 쏘아 잡았습니다만, 밤에 불이 켜진 마당으로 잘못 들어 헤매다니, 경계심이 강한 토끼치고는 정말로 드문 일입니다."

"토끼 본래의 기능이 망가졌겠지. 연약한 동물은 두려움을 가지고 있지 않으면 살아갈 수 없는데, 그게 결여된 거야. 나와 닮았구나."

"도련님……."

자학적인 말을 하자 천진난만하게 웃고 있던 얼굴이 이번에는 흐린 하늘처럼 잿빛이 되어 당장이라도 비가 내리기 시작할 것 같은 기척이 들었다.

'정말이지, 지루할 틈이 없는 녀석이구나.'

청년은 히데아키의 말 하나하나에 섬세하게 반응했다. 처음 만났을 때 히데아키를 깔보던 표정을 감추지 못했던 것처럼 이 남자는 자신을 속이는 데 서투를 것이다. 히데아키는 그 점이 마음에 들었다. 그 표정이 히데아키를 즐겁게 하고, 안도하게 했다.

이자는 나의 말을 듣고 있다. 나의 모습이 보인다.

나는 아직 이곳에 있다. 어느샌가 밤에 녹아들어 지워져버릴 것 같던 나를 이자는 확실하게 봐주고 있다.

"이봐, 신자부로. 그대는 스스로 완전하다고 생각하나?"

"제가요?"

신자부로는 아닌 밤중의 홍두깨 같은 질문에 당황한 표정을 지으며 고개를 가로저었다.

"말도 안 됩니다. 저는 아직 미숙한 몸입니다."

"그럼 부족한 건 뭐지?"

물어보자, 신자부로는 엄청나게 진지한 표정으로 생각에 잠겼다.

"하나는, 사려입니다."

"호오. 그대는 그만큼 멋진 머리를 가졌으면서 생각을 안 한다는 말인가?"

"옛날부터 아버지한테서도 넌 막돼먹었다, 생각이 짧다, 생각하기 전에 감정으로 움직인다는 말을 들으며 자랐습니다. 생각하지 않는 인간은 짐승과 같다면서 말이죠."

"그렇다면 사려는 나한테도 결여되어 있군. 난 생각하는 게 귀찮아. 항상 하고 싶은 대로 하니까."

그러자 신자부로는 당황하더니 커다란 손을 과장되게 흔들어 보였다.

"아니요, 아닙니다, 도련님은 그러셔도 됩니다. 하지만 저는 그래서는 안 됩니다. ……도련님을 지키기 위해서도."

"나를 위해?"

히데아키는 그런 말을 듣자 금세 기뻐지고 말았다. 신자부로가 자신을 위해 뭘 해주려는 모습은 히데아키에게 있어서 가장 큰 행복이기 때문이다.

지금 히데아키의 곁에는 신자부로뿐이었다. 게다가 기이한 버릇을 보고 히데아키를 내치지 않은 사람도 모리카츠 이외에는 이자뿐이었다.

여태까지 이 늠름한 미모를 가진 청년을 다른 신하들과 똑같다고 생각했던 히데아키는 그날 밤부터 처음으로 '쿠라마 신자부로'라는 남자로 인식하기 시작했다. 그건 처음으로 이 남자를 보고 아버지와 닮았다고 생각한 그때 이후 오랜만에 느끼는 감각이었다.

히데아키의 머릿속에서 신하들의 개성과 외모 같은 건 처음 만났을 때 보고 바로 잊어버릴 만큼 아무래도 좋았다. 이름이야 외우고 있지만, 그건 그자를 불러내기 위한 번호와 별 다를 바 없었다.

하지만 히데아키는 신자부로를 신자부로로서 인식하고, 그저 한 남자로서 이자를 관찰하기 시작했다. 그러자 그 순간부터 그의 일거수일투족이 신경 쓰이기 시작했고, 이윽고 그 모든 것이 자신을 위해서가 아니면 성이 차지 않는 강한 독점욕이 생기는 것을 느끼기 시작했다.

"신자부로, 그대는 나를 위해서라면 무엇이든 해줄 수 있나?"

지금까지도 몇 번이나 물었던 말이었다. 답은 알고 있지만, 몇 번이고 묻고 싶어졌다. 몇 번이고 그 대답을 듣고 싶어졌다.

"네, 물론입니다, 도련님."

"그 말, 진심인가?"

"네."

이 남자는 확실히 생각이 짧았다. 아무 생각 없이 이렇게 수긍하고 마는 건 주종 관계라서 어쩔 도리가 없다고는 해도 너무나도 어리석었다. 아무튼 이 남자는 대답한 그 다음 일을 전혀 생각하고 있지 않았다. 히데아키가 항상 세 수 앞을 생각한다고 치면, 이 남자는 바로 앞일도 전혀 생각하지 않았다. 히데아키의 입장에서 그런 신자부로는 그야말로 짐승처럼 순간의 감각만으로 살아가는 지독하게 단순한 존재로 여겨졌다. 그러나 히데아키에게는 그 단순함이 시원시원하게 느껴졌다.

"그러면 어머님을 베고 오거라."

"네?"

"어머님은 말이지, 내가 하루라도 빨리 죽길 기도하고 있다더군. 그런 어머님은 필요 없다. 베고 오거라."

히데아키는 입으로 나오는 대로 한 말이지만, 그렇다고 꼭 어림도 없는 말은 아니라고 생각했다. 여하튼 히데아키와 같은 귀신을 낳은 사실을 후회하고 있는 여자였다. 죽는 걸 바라고 있다 한들 전혀 이상하지 않았다.

"요, 용서해 주십시오. ……부디 관용을 베풀어 주십시오."

"뭐야? 무엇이든 해주겠다고 말하고선 못하겠느냐?"

"죄송합니다!"

신자부로는 새파랗게 질린 채 히데아키의 앞에 넙죽 엎드렸다.

"부디 용서해 주십시오!"

"그렇다면 조금 전에 했던 말은 거짓인가?"

"아닙니다, 거짓이 아닙니다! 저는 도련님을 위해서라면 뭐든지……."

"그 입으로 지금 내 명령은 들을 수 없다고 하지 않았느냐!"

이미 이건 두 사람 사이의 전형적인 의식이었다. 히데아키가 무리한 말을 하면 신자부로가 못하겠다고 머리를 숙였다. 신자부로는 그 정해진 형식을 알면서도 매번 진심으로 당황하고, 핏기가 가신 얼굴로 몸을 엎드리는 것이다.

히데아키도 매번 같은 일을 반복하는데도 그때마다 도취되고 말았다. 지금 신자부로의 세계 그 정점에 히데아키가 군림하고 있다는 사실을 실감할 수 있기 때문이다. 신자부로의 모든 것을 소유하고 있는 사람이 자신이라는 사실을 느낄 수 있기 때문이다.

"그대는 그대가 한 말도 지키지 못하는군. 사람의 이지를 갖추지 못한, 진정 짐승 같은 남자구나!"

"아, 네. 모두 도련님의 말씀대로입니다.."

"짐승에게 옷 같은 건 필요 없다. 다 벗어버려라!"

너무 흥분한 나머지 무심코 그렇게 말하자, 신자부로는 더 이상 히데아키를 화나게 하지 않기 위해 황급히 옷을 벗기 시작했다. 스스로 기모노를 입어본 적이 없는 히데아키는 그가 옷을 능숙하게 휙휙 벗겨 내는 모습이 흥미로웠다.

이윽고 훈도시[9)]차림이 되고만 신자부로는 히데아키도 한순간 넋을 잃고 볼 정도로 훌륭한 몸이었다. 넓은 어깨, 두툼한 가슴팍, 복잡한 음영이 새겨진 복근에, 탄탄한 허리, 울퉁불퉁 솟아오른 허벅지 근육. 갈색 피부는 반들반들 젊은 윤기를 지녔으며, 싱그러운 생기가 넘치고 있었다. 그 늠름한 팔로 칼을 자유자재로 휘두르고, 강인한 다리로 전쟁터를 종횡무진으로 날뛰어 왔음을 쉽게 상상할 수 있는 야수의 육체였다.

전쟁터에서 얻은 수많은 생생한 상처 자국이 있었지만, 조금도 육체의 아름다움을 해치고 있지 않았다. 오히려 그게 이 남자의 울퉁불퉁하고 늠름한 근육이 가진 아름다움과 장려함을 돋보이게 하는 듯한 풍미를 더하고 있었다.

"그대는 옷을 입은 것보다 그 모습이 훨씬 낫구나. 그야말로 짐

9 훈도시: 남자의 국소를 가리기 위한 폭이 좁고 긴 천으로 된 일본의 전통 속옷.

승이야."

"네……."

신자부로는 칭찬으로 받아들여도 되는지 어떤지 복잡한 표정으로 그저 머리를 숙였다. 히데아키는 신자부로가 무슨 동작을 취할 때마다 그 근육 덩어리가 미세하게 꿈틀거리는 모습 또한 흥미진진하게 관찰했다.

예전부터 히데아키는 병약하다는 이유로 검 훈련 같은 것도 제대로 받지 못했다. 그저 자고 일어나고 걷는 것 외의 운동은 하지 않았던 탓에, 그 몸에서 근육다운 것은 거의 찾아볼 수 없었다.

히데아키는 자신의 몸에 없는 것을 숭상했다. 그 굵은 팔에 손가락을 스르륵 가져다 대자, 신자부로는 과할 정도로 움찔 반응하며 몸을 경직시켰다.

"몇 명이나 베었지?"

"아……, 기억나지 않습니다."

"그만큼 베었나? 이 팔로?"

"네. 후지요시 가문의 승리를 위해서입니다."

여기서 또 신자부로는 지루한 말을 입에 담았다.

히데아키에게는 이 가문이 이기든 지든 어차피 자신의 처우에는 큰 변화가 없기 때문에 흥미가 없었다. 단지 신자부로 개인이 어떻게 싸우는지 관심을 가진 것뿐이다.

"그대의 무용은 모리카츠에게서 들었다. 첫 출진은 관례 전이었다고 하던데."

"네. 열두 살 때였습니다."

"어째서 서둘러 전쟁터에 나간 거지?"

"한시라도 빨리 후지요시 가문의 도움이 되고 싶었기 때문입니다."

"흐음. 마음이 기특하구나."

몸이 이러니 전쟁의 냄새를 맡고는, 일찍부터 짐승의 피가 들끓었을 것이다.

"그대가 이 몸을 전쟁터에서 활발하게 움직이는 모습을 보고 싶지만 ……나한텐 무리구나."

"도련님……."

자신이 앞으로도 전쟁터에 설 일은 없을 것이다. 보다시피 낮에는 밖으로도 제대로 나갈 수 없는 몸이다. 히데아키는 무가의 남자로서 살면서 불우한 체질을 타고 태어난 사실에 새삼스레 허무함을 느꼈다.

"언젠가 분명히 햇빛 아래로 나가실 수 있는 날이 올 겁니다. 옥체도 튼튼해지실 겁니다."

"그렇게 될 거라 생각하나?"

"되실 겁니다. 반드시."

이 근거 없는, 하지만 자신감에 가득 찬 대답이 시원시원했다. 히데아키는 우직하기까지 한 신자부로의 말에 그저 "그렇군." 하고 끄덕였다.

사실은 훈도시조차도 벗겨 낸 다음, 평소처럼 괴롭히며 그것을 반응하게 만들 생각이었다. 그러나 신자부로의 남자다운 알몸을 보자, 어째선지 방약무인한 히데아키의 마음에 망설임이 생겨났다. 정확히 말하면 '수치'라는 감정이라고 해야 할까? 그러나 그런 감정이 히데아키에게 있을 리가 없었다.

'요새 난 조금 이상해.'

때때로 히데아키는 남일처럼 고개를 갸웃했다. 도가 너무 지나친 무리한 짓을 했다가는 신자부로가 도망쳐버릴 수 있다는 불안한 감정이 들었기 때문이다. 여태까지 없었던 이런 마음의 움직임은 히데아키를 당혹스럽게 했다.

'지금까지 누가 있어도, 누가 도망쳐도 신경도 쓰이지 않았는데.'

조금씩 현저하게 나타나기 시작한 그 진묘한 마음의 변화는 히데아키만이 알고 있었다.

그날, 히데아키는 평소처럼 잠들 때까지 신자부로를 머리맡에 앉혀 두고는 얕은 잠이 들었다.

항상 히데아키가 깊이 푹 자는 일은 없었다. 저택 밖으로 하얀 햇빛이 눈부시게 내리쬐는 동안, 히데아키의 의식은 선잠의 여울에서 이리저리 나부끼는 작은 배처럼 꿈의 세계를 흔들흔들 정처 없이 걸을 뿐이었다.

"도련님……."

불현듯 얼굴 위로 누군가의 그림자가 드리워졌다는 것을 깨달았다.

'누구지?'

"도련님……. 아아, 변함없이 아름다우십니다. 주무시고 있을 땐 그 단정한 아름다움이 한층 돋보이십니다."

광기 어린 속삭임. 이불이 걷어지더니, 유카타의 띠가 스르륵, 마른 소리를 내며 풀렸다.

얕은 잠을 자던 히데아키는 곧장 눈을 떴다. 그리고 어둠에 익숙한 눈은 자신을 덮친 남자의 얼굴을 바로 알아챘다.

'사에몬…….'

저번 소동으로 근신을 명받았던 사에몬이었다.

지금이 아침인지 낮인지 모르겠지만, 날이 밝은 동안에 누구의 눈에도 띄지 않고 이곳에 찾아오다니 믿어지지가 않았다. 누군가가 안내한 것인가 ── 아니, 저택 깊숙한 곳에 있는 이 방은 히데아키의 습성 때문에 날이 밝은 동안에는 사람이 출입하지 않는다. 그 사실을 아는 사에몬이 몰래 들어오는 건 그다지 어려운 일이 아니었을지도 모른다.

사에몬은 히데아키가 눈을 뜬 것을 알자마자 성급하게 유카타를 젖혔다.

"무슨 짓이냐!"

"소인에게는 당신밖에 없습니다. 부탁드립니다. 한 번만, 부디, 소인을……."

히데아키는 남자의 얼굴이 눈앞으로 쑥 다가오는 바람에 필사적으로 고개를 돌렸다. 그러자 그 뜨거운 입술이 목덜미를 빨아 대며 히데아키의 하얀 피부 위를 거머리처럼 미끌미끌 기어 다녔다.

"그만, 그만하거라!"

"소인은 이미 당신의 신하가 아닙니다……. 명령을 따를 의무는 없습니다."

"어째서 이런 짓을……."

"어째서?"

사에몬은 어깨를 움찔 떨더니, 무아지경으로 빨아 대던 살에서 고개를 들었다.

그 눈은 충혈되었으며, 입술은 짐승의 욕정에 젖어 빛나고 있었다. 히데아키는 천박하게 발정한 남자의 모습에 숨을 삼켰다.

"어째서냐고 말씀하신 건가요? 소인을 그만큼 부추기셨으면서!"

"무슨……."

"사실은 이렇게 해주길 바라셨죠? 소인이 덮치기를 은근히 기대하고 계셨죠? 네, 소인은 다 압니다. 그래서 이렇게 소원을 들어드리고 있지 않습니까!"

히데아키는 말을 잃었다. 부추긴 적 따윈 없었다. 그저 놀이 상대를 하게 한 것뿐인데. 그 행위에 멋대로 흥분한 건 남자들이었다. 히데아키에게는 그들의 음경을 부풀게 하려는 의도 따윈 없었다.

"그런데도 당신은 마사시게 같은 보잘것없는 남자를 편애하셨죠! 소인을 배신하고!"

사에몬의 눈동자에 광기의 불꽃이 타올랐다. 히데아키는 처음 보는 이 남자의 분노에 얼어붙었다.

“성인 남자를 화나게 하면 어떻게 되는지 차분히 그 몸에 알려드리죠.”

“히익…….”

남자의 커다란 손이 훈도시 아래에 있는 히데아키의 그것을 꽉 잡더니 천천히 자극했다. 그리고는 히데아키의 평평한 가슴 위로 볼록 튀어나온 젖꼭지에 착 달라붙어 날름날름 노골적인 소리를 내며 세게 빨았다. 히데아키는 소름 끼치는 오한에 몸을 바들바들 떨었다.

“그만……, 그만해! 싫다!”

“얌전히 계세요. 소인은 당신에게 상처를 입히고 싶지 않습니다.”

히데아키가 날뛰려는 기색을 보이자, 어깨를 누르는 손에 무서울 정도로 힘이 꽉 들어갔다. 히데아키는 너무 아픈 나머지 목을 히끅거리며 입을 꾹 다물었다.

힘으로 당해 낼 리가 없는 데다, 이만큼 소란스러운데도 사람의 기척 또한 없었다. 조금이라도 도망칠 수 있는 가능성은 찾지 못했다. 히데아키가 무리하게 날뛰었다간 방금 그 말대로 사에몬에게 호되게 당할 것이다. 사에몬의 손에 힘이 들어가는 것만으로도 히데아키의 가녀린 어깨는 부서져 버릴 것만 같았다.

이제 이 남자에게 범해질 수밖에 없는 것인가? 그렇게 체념하며 온몸의 힘을 뺀 그 순간이었다.

맹장지 밖에서 쿵쿵, 분주한 발소리를 내며 복도를 걸어오는 자가 있었다.

그리고 아무 주저 없이 히데아키 방의 맹장지를 열어 젖혔다.

'신자부로…….'

복도에서 약간 비쳐 든 햇빛에 눈을 가늘게 떴지만, 그 모습, 기백을 잘못 볼 리가 없었다. 한편, 신자부로도 히데아키의 위에 누군가가 그를 짓누르고 있는 모습이 바로 보인 듯했다.

"도련님!"

신자부로가 소리침과 동시에 사에몬이 히데아키의 위에서 벌떡 일어나더니, 신자부로에게 달려들었다.

"너! 너, 이 신참 놈이!!"

"네놈, 사에몬이냐!"

두 사람은 밀치락달치락했고, 살과 살이 부딪치는 둔탁한 소리가 저택에 울려 퍼졌다. 사에몬은 주머니에서 뭔가를 꺼내더니, 신자부로를 노리고 내리치려 했다. 어둠 속에서 오른손에 쥐어진 그 물체가 번쩍 빛나는 것을 본 히데아키는 비명을 질렀다.

"신자부로, 도망쳐!"

신자부로는 아슬아슬하게 사에몬의 오른쪽 손목을 덥석 잡았다. 서로 뒤엉킨 두 사람의 격투가 이어졌다. 이미 히데아키는 뭐가 어떻게 되고 있는지 몰랐다. 신자부로의 허리에는 칼이 채워져 있었지만, 뺄 여유도 공간도 없어서 완력만으로 싸우고 있었다.

격투 끝에 신자부로의 굵은 팔이 사에몬을 내던지자, 그의 몸은 나가떨어져 쿵 쓰러졌다. 그 순간, 무서운 소리가 났다. 보랏빛으로 부어 오른 얼굴에서 거품이 일어나더니 꿈쩍도 하지 않았다.

사에몬의 목이 기묘한 각도로 뒤틀린 상태였다. 신자부로에게 내던져져 머리부터 떨어지면서 스스로의 무게를 못 이기고 목이 꺾어져서 죽은 것이다.

“도련님! 무사하십니까!”

“아……, 신자부로.”

히데아키는 정신을 차리고 흐트러진 유카타 앞섶을 여몄다. 그리고 그런 여자 같은 행동을 취한 자신에게 놀라 타오를 정도로 뺨을 붉혔다. 자신에게 수치심 따윈 없었을 텐데.

“무, 무사하다. 아무 짓도 당하지 않았어.”

“아아……, 다행이다.”

신자부로는 안도의 목소리를 흘리며 힘이 빠진 듯 그 자리에 무릎을 꿇었다.

그 덩치 큰 남자를 내던진 그 힘. 생명이 샘솟는 젊은 육체.

히데아키는 저도 모르게 몸을 떨었다. 그 부드러운 가죽 같은 갈색 피부 아래를 지나는 뜨거운 혈기의 맥동을 상상하고는 흥분했다. 한순간 그 목에 이를 세우고 피를 빠는 자신을 상상했다. 하지만 히데아키는 그 발작을 묵살했다. 그런 것이 아니다. 사람의 피를 원하는 게 아니다. 그렇게 스스로를 타일렀다.

“살았다는 기분이 들지 않았습니다……. 아아, 도련님이 무사하셔서 정말…….”

"신자부로."

이자는 자신을 위해 망설임 없이 그 손을 더럽혔다. 그렇게 생각하자 히데아키는 지금 당장 그 넓은 어깨로 뛰어들고 싶은 강한 충동을 느꼈지만, 그와 동시에 이상한 망설임으로 인해 행동을 제지했다.

'난 왜 내 생각대로 행동하지 못하게 된 거지?'

그 점이 무척이나 유쾌하지 않았다. 하지만 별로 기분이 나쁘지 않은 것도 사실이었다.

"그대는 어떻게 눈치챘지? 아직 밖은 밝을 텐데?"

"모르겠습니다. 단지 어쩐지 불길한 예감이 들었습니다."

신자부로는 자신도 모르겠다는 듯이 고개를 갸웃했다.

"갑자기 눈이 떠졌습니다. 일을 시작하기엔 아직 이른 시간이었지만, 저는 왠지 가슴이 뛰어서 잠을 이루지 못하고 저택으로 향했습니다. 그러자 지나가던 시녀가 제 얼굴을 보고 놀라더군요. 이유를 물어보니, 이 안에 출입하는 남자는 딱 한 명인데 한 남자가 이미 도련님의 방으로 향하는 모습을 봤다고 합니다. 그래서 제가 이미 저택으로 들어간 줄 알았다고 했습니다.

그래서 다급히 온 것이었군.

히데아키는 신자부로가 '어쩐지 불길한 예감'이라고 한 말에 만족했다. 그 말이 자신과 이 남자의 끊을래야 끊을 수 없는 인연의 증표라고 생각됐기 때문이다.

"여하튼 살았어. 고맙다."

"정말로 무사하셔서 무엇보다도 다행입니다."

격투를 벌인 탓에 아직 숨이 거친 신자부로가 방금 자신이 죽인 시체 옆에서 머리를 숙였다. 히데아키는 차가워진 그 남자를 보고는, 이제 약간의 혐오도 느껴지지 않는 사실을 깨달았다.

'이 남자는 영원한 밤으로 떠났군.'

밤은 잠이었다. 대부분의 생물은 숨을 죽이고 정적 속에 가라앉는다. 또한 밤은 히데아키의 세상이었다. 낮에 살아 있던 남자보다 밤으로 향한 남자를 친숙하게 느끼는 건 히데아키에게는 당연한 일이었을지도 모른다.

'그런데도 나는 햇빛을 구현한 것 같은 신자부로가 마음에 드는구나.'

생명력의 덩어리 같은 남자였다. 비슷한 체격의 늠름한 남자를 내던져버릴 정도의 완력을 가진 사나운 대장부였다.

이제 히데아키는 신자부로를 놓지 않을 거라고 생각했다. 이 남자를 위해서라면 자신은 무슨 짓이든 할 것이다. 그렇게 자신답지 않은 생각까지 하고 있었다.

"몸이 더러워졌어. 목욕을 하고 싶구나."

"네. 알겠습니다."

뒤늦게 소동을 알아챈 모리카츠가 왔다. 방의 상태를 보고 기겁을 하더니, 신자부로에게서 그 이유를 듣자 얼굴이 창백해져선 본인의 부주의라며 히데아키에게 엎드려 사죄했다.

히데아키는 괜찮다며 적당히 흘려 넘겼다. 지금은 한시라도 빨리 신자부로의 손으로 이 몸을 깨끗이 씻어 내고 싶은 마음뿐이었다.

*　　*　　*

스루가의 영주 코레카와 가문이 후지요시의 영토를 침공하기 시작했다. 전부터 적대시해 왔던 후지요시와 코레카와는 이번 기회에 자웅을 겨루자며 크게 격돌하는 양상이었다.

"뭐야, 신자부로도 가는 것이냐?"

"그렇습니다."

그날 밤에는 신자부로 대신 모리카츠가 찾아와 히데아키에게 이유를 설명했다. 신자부로는 이미 아버지와 함께 전투 준비를 위해 이리저리 뛰어다니며 내일 아침에 당장 출발할 예정이라고 한다. 모리카츠 본인도 늙은 몸임에도 갑옷 차림이었으며, 이미 전쟁터로 향하는 무사의 얼굴을 하고 있었다.

"코레카와군은 2만 5천. 단번에 함락할 속셈이겠죠. 저희는 어떻게 해서든 미노노쿠니를 끝까지 지켜 내야만 합니다. 신자부로는 일기당천의 무사이옵니다. 당주님이 직접 부르셨을 정도죠."

"신자부로의 주인은 나야! 내가 전쟁터에 나가지 못하는데, 어째서 신자부로만이 나가는 거지? 게다가 내 시중은 어떻게 할 건가? 시중을 들 사람이 아무도 없지 않느냐?"

"이번만은 식모들에게 맡기겠습니다. 히데아키 님께서는 부디 후지요시 가문의 승리를 기도해주시고, 신자부로에 대해서는 한동안 관용을 베풀어 주시옵소서."

"안 돼, 그렇게는 못 한다! 아버님을 만나게 해줘! 난 신자부로를 놓지 않을 거다!"

히데아키의 고집은 통하지 않았다. 다음 날부터 성안은 여자들과 노인과 병자들만 남았고, 남자들은 기염을 토하며 출진했다.

남겨진 히데아키는 불안감에 참을 수 없었다. 그 신자부로가 공격당할 일은 없겠지만, 히데아키의 걱정은 그보다 전쟁이 끝난 후에 있을 신자부로의 처우였다.

'신자부로는 전쟁에서 공을 세우면 내 곁에는 남지 않을지 몰라. 아버님께 발탁되면 이제 그 남자는 이곳엔 오지 않게 되겠지.'

신자부로는 아직 젊었다. 하지만 아버지 히데이에는 나이, 출신과 관계없이 공을 세운 자를 발탁함으로써 칭찬은 물론 비판 또한 받고 있었다.

일찍이 히데이에의 남동생, 즉 히데아키의 숙부인 히데노부와 후계자 싸움을 벌인 것도 지나치게 혁신적인 히데이에에게 오래된 신하들이 반발했기 때문이다. 밖에도, 안에도 불씨를 품은 후지요시 가문에서 오로지 히데아키만이 예외 취급을 받고 있었다.

'히데아키가 제 몫을 할 수 있는 몸이었다면 공공연하게 신자부로를 따르게 할 수 있었을 텐데. 그 남자는 언젠가 내 곁에서 떠나갈 거야. 그리고 그게 후지요시 가문을 부흥시키길 원하는 그 남자의 행복이기도 하겠지.'

이대로 히데아키의 곁에 있으면 출세는 바랄 수 없다. 그리고 지나치게 솔직한 그 청년은 히데아키를 추대해서 후지요시 가문을 차지하려는 계략 따윈 생각하지 못할 것 같았다. 착실히 무공을 쌓음으로써 승진하여 아버지 히데이에의 밑에서 일개 무장으로서 훌륭하게 성장할 것이다. 언젠가 아내도 맞이하여 자식을 키우고, 잘하면 역사에 이름을 남길 무사가 될 것이다.

기묘한 성질을 갖고 태어난 탓에 언제 갑자기 목숨이 꺼질지도 모르는 어둠에서 사는 자신과는 다르다. 그런 슬픔이 히데아키의 가슴에 밀려왔다.

이런 기분은 한동안 잊고 있었다. 아직 아무것도 몰랐던 어린 시절에 자신이 누구도 돌봐주지 않는 존재라는 사실을 알고 절망했던 그때 이후 느끼는 감정일지도 모른다.

신자부로가 오고 나서 여러 가지 일이 있었지만, 히데아키의 마음은 점점 흐트러지며 전과는 전혀 다른 색으로 바뀌고 말았다.

저녁에 후지요시군이 승리했다는 소식이 들려왔다. 코레카와군을 기습하여 코레카와 총대장의 목을 멋지게 쳤고, 코레카와군은 전의를 상실하여 달아났다고 한다.

의외로 빨리 결착이 났기에, 성안은 열광으로 뒤덮였다. 그러나 히데아키는 가문의 승리보다, 그 무엇보다 한시라도 빨리 신자부로의 얼굴을 보고 싶었다. 단 하루뿐이었는데도 히데아키는 신자부로의 존재에 굶주려 있었다.

밤중에 전쟁터에서 돌아오자마자 그 길로 갑옷을 입은 채 저택으로 찾아온 신자부로에게서는 흙과 땀, 그리고 피 냄새가 났다. 바로 오라고 불러들인 사람은 히데아키 본인이지만, 그 전쟁터의 무시무시함을 몸에 남긴 채로 온 신자부로의 거친 기백에 교만한 도련님은 평소답지 않게 압도되었다.

"도련님, 지금 막 돌아왔습니다."

"응. 무사해서 다행이구나."

비꼬는 말을 잔뜩 쏘아붙일 생각이었던 히데아키는 실제로 신자부로를 보자 동요한 나머지 시시한 말밖에 하지 못했다.

"목은 얼마나 베었나?"

"아침에 있었던 접전에서 목 두 개, 회전(會戰)에서 세 개를 베었습니다."

"호오, 굉장하구나."

히데아키가 칭찬하자, 신자부로는 자랑스럽다는 듯 미소 지었다. 아직 전투의 흥분이 신자부로의 몸 마디마디에 사그라지지 않은 채 남아 있는 모습이었고, 눈동자는 소년처럼 생기가 돌며 빛났다. 히데아키는 저도 모르게 물었다.

"전투는 즐거웠나?"

"아니요, 즐겁진 않지만, 피가 끓습니다. 이번 전투는 특히 거칠었거든요."

"뭐가 그대를 그렇게까지 분발하게 만드나?"

"그건……."

신자부로는 가슴을 크게 부풀렸다.

"도련님의 ……도련님을 향한 마음입니다."

"나를 향한?"

청년은 무의식중에 입 밖으로 말하고 말았다는 듯, 깜짝 놀라 얼굴을 새빨갛게 물들였다.

"아, 아니요, 물론 충의의 마음입니다."

"충의……."

그 말은 거짓이었다. 신자부로는 처음 만났을 때부터 지금까지 히데아키에게 충의를 품은 적 따윈 없었다. 다만, 피를 빠는 장면을 목격한 이후로 기묘한 유대 같은 것은 생겼지만, 충의와는 별개의 것이었을 터.

"그뿐인가?"

"도련님……."

신자부로는 횡설수설하면서 고개를 아래로 향하고 말았다. 이 상태로는 진실은 말해주지 않을 것이다.

문득 그 뺨에 빨간 선이 그어져 있음을 깨달았다.

신자부로의 얼굴을 마음에 들어 했던 히데아키는 눈살을 찌푸렸다.

"이런 곳에 상처를 만들다니. 잘생긴 얼굴이 엉망이 됐잖아."

손을 휙 뻗어 그 뺨에 그어진 한 줄기 상처를 만졌다. 신자부로는 갑옷을 울리며 몸을 떨었다.

히데아키는 아직 피가 배어나는 생생한 상처 자국에서 손가락에 피를 묻혀 날름 핥아보자마자 피가 확 끓어오르는 듯한 기분이 들었다.

맛있다. 여태까지 맛본 피와는 천양지차에, 최상으로 매혹적이었다.

정신을 차려 보니, 히데아키는 신자부로의 곁으로 다가가서 그 상처에 입을 맞추고 있었다. 신자부로는 기겁하여 엉덩방아를 찧고는 도망치려 했다.

"도, 도련님……, 그러지 마세요."

"가만히 있어."

히데아키는 무아지경이었다. 촛불이 흔들리는 어두컴컴한 방에서 커다란 그림자에 작은 그림자가 겹쳐지며 요염하게 꿈틀댔다.

까슬까슬한 수염의 감촉. 남자의 땀내. 삼엄한 전쟁터의 기척이 느껴지는 흔적. 그리고 감미로운 피의 맛.

히데아키는 거의 몸을 가눌 수 없을 정도로 취해 있었다. 정신을 잃어 가고 있었다. 격렬하게 목이 마르고, 온몸이 갈망에 떨리고 있었다.

"신자부로, 상처는 더…… 다른 상처는 없나?"

"아……, 가, 가슴에, 약간……."

"빨리, 빨리 보여주거라."

히데아키도, 신자부로도 숨이 거칠었다. 신자부로는 히데아키가 말하는 대로 갑옷을 벗은 다음, 땀으로 흠뻑 젖은 기모노를 열어젖혀서 피가 배어난 상처를 묶은 천을 잡아 뜯었다. 화살이라도 맞은 걸까? 칼에 베인 상처가 아니라 작고 검붉은 구멍이 뚫린 채 피가 스르륵 떠올랐다.

"아, 아아……."

히데아키는 그 향기에 참지 못하고 환희의 목소리를 내더니, 상처를 향해 맹렬하게 달려들었다.

"크, 으윽."

신자부로가 고통을 느껴서인지 낮은 신음소리를 흘렸다. 하지만 히데아키에게 그를 신경 쓸 여유는 없었다.

신자부로의 피가 가진 달콤함, 향기, 부드러움, 혀끝에 닿는 풍부한 맛.

'아아, 맛있어, 맛있어. ……이 피는 최상이야. 천국의 맛이야.'

지금이라면 죽어도 상관없다 —— 그런 생각이 들 만큼 히데아키는 황홀했다.

지금까지 입에 댔던 짐승의 피와는 전혀 달랐다. 같은 피인데도 살아 있는 인간의 피가 이 정도로 맛있을 줄은…… 아니, 어쩌면 신자부로이기 때문에 이런 맛이 나는 것일지도 모른다.

"도, 도련님……, 도련님, 저는 이제……."

신자부로는 비통한 목소리로 울었다. 반 억지로 히데아키를 가슴의 상처에서 떼어 내고는, 그 몸을 품 안에 꽉 가뒀다.

그리고 느닷없이 히데아키를 바닥 위에 쓰러뜨리더니, 꽃잎 같은 빨간 입술에 거칠게 달라붙었다.

"응……, 으."

꿈꾸는 기분이었던 히데아키는 치열을 가르고 강제로 입안에 침입한 것은 혀로 인해 현실로 끌려 돌아왔다. 그리고 너무 놀란 나머지, 그 혀를 깨물었다.

“크으, 으, 응.”

하지만 신자부로는 떨어지지 않았다. 다친 혀를 한층 꿈틀거리며 히데아키의 입을 핥아 낼 때 떨어지는 달콤한 피가 다시금 히데아키를 도취의 경지로 몰아넣었다.

“하아, 하아, 흐으, 응, 으.”

어느새 히데아키는 푹 빠져 신자부로의 혀를 빨고 있었다. 히데아키는 배어나는 피를 맛보기 위해서 신자부로의 굵은 목에 팔을 두른 채 그 입술을 탐닉하고 있었다. 포개진 입술에서 타액이 흘러 히데아키의 귀까지 흘렀지만, 히데아키는 그런 건 전혀 개의치 않고 작은 코를 실룩거리며 신자부로의 혀를 맛보았다.

그 사이에 신자부로의 손은 성급하게 히데아키의 옷을 벗기고 거의 알몸으로 만들어 그 달콤하고 부드러운 피부를 그을은 커다란 손으로 애무했다.

“하아, 아아, 도련님, 도련님.”

신자부로의 관능적이고 절박한 속삭임이 히데아키의 귀를 스쳤지만, 피에 미친 히데아키는 입맞춤에 정신을 팔린 채 청년의 입술에서 떨어지려 하지 않았다. 신자부로의 두터운 손바닥이 히데아키의 가랑이 사이에 열린 그것을 꽉 쥔 순간, 히데아키는 처음으로 그곳에 변화가 생겼다는 사실을 알았다.

‘아……, 내 음경이 부풀어 올랐어.’

그런 감각은 이제껏 느껴보지 못했다. 히데아키의 그곳은 어떤 자극에도 고요했다. 사에몬이 쥐었을 때도 혐오감만 들었고, 그저 위축될 뿐이었다.

하지만 지금 신자부로의 피를 맛본 순간, 히데아키의 미성숙한 육체는 단숨에 타올랐다. 흥분으로 온몸의 피가 부글부글 끓어올랐고, 달콤한 피는 꿀처럼 걸쭉하게 몸 구석구석까지 녹아들듯 침식했다. 엄청난 쾌감에 황홀해진 히데아키는 희열의 바다에 빠지는 것 같았다.

"아, 시, 신자부로."

히데아키는 겨우 살짝 입술을 떼고 미지의 쾌락에 헐떡였다.

이 감각은 뭘까? 땅기는 듯한, 열을 띠고 부은 듯한, 변소에 가고 싶은 듯한 —— 그런 생각으로 머리가 헤집어지는 동안에 히데아키는 신자부로의 마른 손이 살짝 문지르기만 했는데도 싱겁게 절정에 오르고 말았다.

"아, 아."

히데아키는 처음으로 그곳이 몸에서 가장 약한 부분이라는 것을 깨달았다. 신자부로는 무척 다정하고 부드럽게 만지고 있지만, 그가 살짝 훑기만 해도 통증인지 잘 모르겠는 날카로운 쾌락이 허리 안에서 샘솟았다.

"아, 그만, 아, 신자부로……."

"도련님, 이대로 마음껏."

신자부로가 재촉하자 커다란 파도가 밀려왔다.

'안 돼, 안 돼, 이대로라면.'

실례를 하고 말 것이다. 그렇게 울부짖을 뻔한 순간, 절정에 바싹 몰린 히데아키는 도망치지 못한 채 목소리도 내지 못하고 절정에 달했다.

"오, 도련님……."

눈앞이 새하얘졌다. 오줌을 지렸다고 생각했다.

하지만 그건 소변과는 다른 느낌이었다. 뭔가 혼이 빠지고 머리

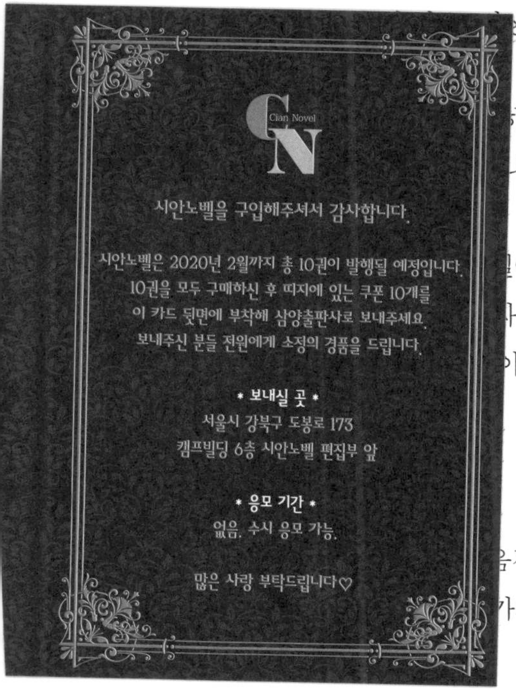

상하게 감미로운 느낌이었

하고 하얀 알몸이 움찔움찔

나도 한순간에 벌어진 일이

일이 일어난지 몰랐다. 뺨이

사부로가 자신의 손에 묻은

이 자신이 내보낸 것이라는

음경에서 나오는 거지?"

가지게 하기 위한 남자의 체

"정액……."

히데아키는 자신에게도 그런 게 존재했다는 생각에 몹시 놀랐다.

자신은 귀신이며, 아이를 낳는 힘 같은 건 없다고 생각했다. 그런데 생각지도 못하게 신자부로의 피를 마시자 나타난 것이다.

'저것이 내 정액…….'

신자부로는 히데아키가 쏟은 소량의 그것을 완전히 핥아 내고 말았다. 문득 히데아키는 의문이 들었다.

"그대는 남자지?"

"물론입니다."

"내 정액을 먹어도 임신하지 않지?"

신자부로는 눈을 크게 뜨더니, 곧바로 활짝 웃었다.

"여자도 정액을 먹는 것만으로는 임신하지 않습니다."

"배 속에 들어가면 임신하지?"

"네."

신자부로는 빨간 눈을 촉촉이 적신 채 뜨거운 숨을 떨었다. 히데아키의 머리를 쓰다듬으면서 그 마른 몸을 껴안고 쉰 목소리를 쥐어짰다.

"저도……, 도련님 안으로 들어가고 싶습니다."

"나는 임신하지 않는데도?"

"도련님을 ……도련님의 모든 것을 원합니다."

스스로를 속이지 못하는 신자부로의 솔직한 욕망을 들으니 기분이 좋았다. 히데아키는 희미하게 웃더니, 아주 쉽게 수긍했다.

"좋아."

신자부로는 눈을 휘둥그레 뜬 채 목젖을 크게 위아래로 울렸다.

대수로운 일은 아니었다. 히데아키도 이 청년의 모든 것을 손에 넣고 싶었기 때문이다.

"주겠다."

그 대신, 하고 히데아키는 속삭였다.

"그대의 피를 주거라."

"물론……, 물론입니다."

신자부로가 말을 끝내기도 전에 히데아키는 그 입술에 맹렬하게 달려들었다. 혀에서 나는 피 맛에 취하면서 남자의 커다란 손이 비밀스러운 곳을 만지는 것을 허락했다. 상처에 쓰는 연고라도 사용했는지, 신자부로의 손가락은 축축했다. 그 손가락이 자신의 내부로 침입했을 때, 히데아키는 두려움보다도 쾌감을 느꼈다.

'신자부로가 내 안을 만지고 있어. 위도 아래도 이어져 있어.'

그렇게 생각하니 피 맛은 한층 더 깊이를 더했고, 그곳은 남자의 손가락을 끌어들이는 듯한 움직임을 보였다.

"아아, 도련님……, 이렇게나 부드러울 줄이야."

마치 —— 에 나온 도련님과 같아, 라며 한창 입맞춤을 하던 중 신자부로가 속삭였지만, 그 목소리는 잘 들리지 않았다.

히데아키가 무아지경이 되어 신자부로의 혀를 빨던 사이에 그곳이 축축한 소리를 내며 벌어져 가는 것을 알 수 있었다. 히데아키는 신자부로가 음경을 위아래로 밀고 문질렀을 때와는 또 다른, 그보다 깊이가 있는 흥분에 들떠 혈관을 달콤하게 부풀렸다.

이윽고 신자부로도 호흡을 거칠게 쉬며 손가락을 넣었다 빼면서 뒤로 힘차게 젖혀진 자신의 것을 부드럽게 꽃핀 그곳에 바짝 댔다.

"도련님……. 괜찮으신가요?"

"그래, 좋아. ……어서, 신자부로."

입술을 한순간 떼고 속삭이려던 히데아키는 피에 취한 채 헐떡였다.

터무니없이 커다란 덩어리가 엉덩이를 푸욱 갈랐을 때, 히데아키는 빡빡하게 찢기며 벌어지는 물고기를 상상했다. 등뼈를 따라 나눠진 살을 상상했다. 몸이 두 개로 갈라져 버린 것 같았다.

그러나 그것이 히데아키에게 가져다준 것은 격심한 고통이 아닌, 눈이 멀어질 만큼의 쾌락이었다.

"아, 아아, 아."

"으윽. 도, 도련님……."

신자부로는 이마에 몇 개나 되는 땀방울이 맺히며 천천히 허리를 앞으로 움직였다. 히데아키의 허리에는 흉기와도 같은 굵은 음경이 그의 몸 중심을 꿰뚫어 가는 것을 감미로운 꿈속에서 맛보고 있었다.

'아……, 신자부로의 살이 내 안으로 들어온다.'

이윽고 그 단단한 하복부가 히데아키의 둔부를 밀어 올린 순간, 가장 깊은 곳에 쿵 비집고 들어오는 충격으로 인해 히데아키는 저도 모르게 신자부로의 목덜미에 이를 세웠다.

"으윽……."

그 순간, 신자부로는 몸을 바들 떨며 정액을 쏟았다. 히데아키가 밖으로 내놓은 것과는 비교도 안 될 정도로 많은 양의 정액이 그 깊은 곳에 흘러넘쳤다.

"하아……, 아, 하앗."

신자부로의 피부를 뚫고 나온 피와 자신의 몸 깊은 곳에 해방된 청년의 정액이 아득해질 만큼 기막히게 아름다운 관능이 되어 히데아키를 망아의 연못에 떨어뜨렸다.

한순간 히데아키는 실신했다. 너무나도 격렬한 쾌락의 소용돌이에 시달린 나머지, 순진무구했던 어린 몸이 다 담아낼 수 없었던 것이다.

"아, 아아, 도련님, 정신 차리세요, 도련님……."

"별일, 아니다……. 계속해, 신자부로."

히데아키는 잘 돌아가지 않는 혀로 헐떡였다. 신자부로는 그만큼 많은 정액을 쏟았음에도 불구하고 전혀 시들지 않았으며, 오히려 점점 힘차고 왕성하게 발기하여 히데아키의 가련한 그곳을 아플 정도로 넓혔다.

신자부로가 허리를 돌리자 마비되는 듯한 쾌감이 사지의 끝까지 용솟음쳤고, 질척질척 젖은 소리를 내며 넣었다 뺐다 하자 쾌락의 샘을 휘젓는 것처럼 세찬 희열이 히데아키를 미치게 했다.

"아아, 아으, 아, 하아, 좋아, 아아, 이건, 믿을 수 없어."

"도련님, 좋으신가요? 아아, 히데아키 님, 이렇게, 제가 무리한 짓을 하고 있는데도, 괜찮으신가요?"

"하아, 응, 좋아, 아앗, 신자부로, 아, 아아, 그대의, 모든 것이, 나를, 이상하게 만들어."

히데아키가 뜨거운 목덜미에 입을 찰싹대고 피를 쪽쪽 빨 때마다 신자부로는 신음하며 히데아키의 안에서 음경을 한층 부풀렸다. 그때마다 뭐라 할 수 없는 쾌감이 히데아키의 몸을 감싸며 이성도, 의식도 희미하게 만들어버렸다.

히데아키에게 젊음이 넘쳐흐르는 청년의 싱싱한 피는 마치 아편과 같았다. 삼키면 몸 안은 뜨겁게 활활 타오르고, 청년의 욕망 덩어리가 잘 여문 점막을 거칠게 문지를 때마다, 가장 깊은 곳을 쑤셔올릴 때마다 끝없는 절정이 히데아키를 휩쓸었다.

"크, 으윽, 히데아키, 님, 아아, 굉장해, 저도, 이상해지고 있습니다."

"이상해, 지면 돼, 둘이서, 이상해져 버리면 돼."

히데아키의 하얀 팔다리는 뱀처럼 청년의 늠름한 갈색 몸을 휘감고는, 조금 전까지 순진무구했던 사실이 믿어지지 않을 만큼 탐욕스럽게 원하기 시작했다.

"하아, 하아, 맛있어, 맛있다, 신자부로, 그대의 몸은, 다 맛있구나."

"으응, 크윽, 하아, 히데아키, 님도, 아앗, 이렇게, 아, 마치, 이 세상 사람이라고 생각되지 않는, 경국의, 아, 앗."

신자부로도 무아지경이었다. 허리는 한 치의 여유도 없이 요란하게 움직이며 멈추지 않을 것 같았다.

히데아키는 그저 짐승처럼 눈앞에 있는 최상의 과실을 탐하길 멈추지 못했다. 피가 가장 맛있지만, 신자부로의 모든 체액이 히데아키를 쾌락으로 유혹하는 미약이었다.

서로 무아지경으로 입술을 빨았고, 히데아키는 청년의 타액과 피를 마셨다. 감미로운 도취가 히데아키를 녹이며 관능의 정원으로 가두었다.

순수했던 도련님은 달아오른 피부를 빈틈없이 애무받으며 이미 쓴맛 단맛을 다 아는 노련한 여자처럼 온몸으로 쾌락을 맛보고 있었다.

“히익, 아아, 아, 신자부, 로.”

“크, 아, 히데아키 님, 하아, 하앗, 또, 나와, 버릴 것, 같아요.”

“괜찮아, 더, 더 줘. 나는 그대의 정액을, 더, 마시고 싶다.”

청년은 히데아키의 말에 부채질당한 듯, 땀을 흩뿌리며 근육을 크게 실룩거렸다.

몸이 젖혀져 돌아가 버리는 게 아닐까 생각될 정도로 격렬한 움직임. 쿨퍽, 쿨퍽, 안을 찌르는 주먹처럼 둥그런 귀두의 공격. 히데아키는 깊은 절정에 날아오르며 거의 의식을 잃은 채 흔들리고 있었다.

“아아아………….”

콸콸, 콸콸, 배 안에 쏟아진 감각으로 인해 히데아키는 숨이 끊어질 것처럼 소리를 질렀다. 따뜻한 정액이 오장 육부에 스며드는 느낌이 참을 수 없이 기분 좋았다. 글자 그대로 히데아키는 온몸으로 신자부로의 전부를 얻었다.

일반적으로 피도 사람을 구토하게 만드는 것처럼, 정액도 좋은 것은 아님이 틀림없다. 하지만 그게 히데아키에게는 묘약이자 미약이며, 빛깔도 맛도 좋은 술이었다.

"하아, 하아, 아아, 도련님……."

신자부로는 물건을 빼내더니, 녹아들 것처럼 달콤한 얼굴을 하고는 마음 내키는 대로 작게 경련하고 있던 히데아키의 붉은 입술을 빨았다. 히데아키의 복부에는 엄청난 양의 정액이 쏟아져 있었다. 신자부로와의 교합으로 몇 번이나 절정에 달한 것이다.

그 모습을 본 신자부로는 또다시 감개무량한 듯, 힘이 빠진 히데아키를 끌어안았다.

"아아……, 도련님……, 저의……, 히데아키 님……."

"신자, 부로."

불현듯 히데아키가 눈을 떴다. 사랑스럽다는 듯이 가늘게 뜬 신자부로의 눈동자가 그를 바라보자, 그 흰 밀랍 같은 뺨은 살짝 붉은 색으로 물들었다.

"그런 식으로 보지 마라. 창피하다."

"히데아키 님이 무척 귀여우셔서요."

행복에 가득하던 그 표정이 무슨 생각을 했는지 갑자기 흐려졌다.

"아……, 죄송합니다, 도련님."

"왜 그러느냐. 왜 사과하지?"

"제가 스스로를 억제하지 못하고……."

"무슨 소리를 하는 거야?"

히데아키는 고개를 획획 저었다.

"마치 극락 같았다. 이와 같은 세상이 있을 줄이야. 내 몸은 아마 그대를 위해 있는 것일 테지. 그대의 몸 또한 나를 위해 있는 거고."

"네. 분명히 그 말씀대로입니다."

신자부로도 고개를 끄덕였다.

청년이 순결하지 않다는 것 정도는 히데아키도 알고 있었다. 하지만 청년이 이만큼의 쾌락을 예전부터 알고 있었다고는 생각되지 않았다. 왜냐하면 이런 걸 알았다면 이 짐승처럼 올곧은 남자는 그것을 손에서 놓지 못할 것임이 틀림없기 때문이다.

신자부로는 히데아키의 입술을 더럽힌 피를 혀로 핥았다.

"제 피는 맛있으신가요?"

"극상의 피였다. 그대의 정액 또한 각별했다."

"그렇다면……."

벌써 기운을 되찾은 그것을 히데아키의 손에 쥐게 했다.

"더 드시고 싶으신가요?"

손가락에 다 들어가지 않는 그 늠름함에, 히데아키의 얼굴이 피가 몰린 것처럼 빨개졌다.

"아, 굉장해."

손을 위아래로 움직여보자, 혈관이 부풀어서 생명체처럼 맥동했다.

"이게 그대의 음경인가?"

"네. 여기서 정액을 뿜습니다."

히데아키의 조신한 그것과는 달리, 까만 그 선단에는 아무리 봐도 몹시 많은 양의 정액을 쏟아낼 것 같은 구멍이 있었다. 그리고 그 형상은 울퉁불퉁하고 우락부락했으며, 풍성한 숲 안에 우뚝 솟은 모습은 그야말로 남자의 분신이라 할 만한 것이었다.

"내 것과는 전혀 다르구나."

"도련님은 아직 어리시기 때문에 좀 더 나이가 들면 저처럼 되실 겁니다."

"거짓말이야. 이렇게는 안 될 거다. 그대의 것은 너무 크다."

이것을 전부 몸 안에 담아 두고 있었다니, 갑자기 믿기 어려워졌다. 히데아키가 이래저래 만지는 동안, 이미 그 선단의 구멍에는 투명한 점액이 푹 치밀어 오르고 있었다.

신자부로의 체액을 좋아해서 어쩔 줄 모르는 히데아키는 청년을 넘어뜨리더니, 입맛을 다시고는 바로 가랑이에 착 달라붙었다. 그러자 점액은 계속해서 흘러나오며 멈추지 않았다.

"왜 그러느냐? 그대의 음경이 계속 울고 있다."

"아, 그건, 자극을 더 원하는 겁니다."

"어떻게 하면 좋지? 입에 가득 넣으면 되나?"

"하지만 도련님의 입으로는 분명히 힘드실 겁니다."

그런가? 하고 히데아키는 눈을 있는 힘껏 크게 뜨고 그 선단을 입에 넣어보았다. 확실히 입으로 물 수 없는 건 아니지만, 턱이 빠질 것 같았다. 그러나 사랑스러운 것을 먹어버리고 싶다고 생각하듯, 히데아키도 신자부로의 그것을 실컷 입으로 맛보고 싶었다. 이미 히데아키는 또다시 취하기 시작했다.

"못할 것 없다. 해보지."

"그렇다면 도련님……, 이렇게 하세요."

신자부로는 히데아키의 몸을 반대로 돌리고는, 목을 들어 그 가련한 수술을 입에 머금었다.

"아윽, 아."

그 따뜻하고 축축한 감촉에 놀라 허리를 뺄 뻔했지만, 신자부로는 히데아키의 가는 허리를 꽉 잡고 놓지 않았다.

"저도 도련님의 정액을 더 먹고 싶습니다. 참아주세요."

"아, 하, 하지만 이러면 집중할 수 없지 않느냐."

"같이 기분이 좋아지기 위함이라고 생각하면 됩니다. 아, 도련님, 그곳만은 깨물지 말아 주세요."

신자부로는 황급히 말을 덧붙였지만, 아무리 히데아키라도 이 약한 곳을 깨물 생각은 하지 않았다. 지금 자신의 것이 입에 물려 있기 때문에 그 기분은 잘 이해했다.

'그건 그렇다 치더라도……, 크다. 마치 이 남자의 생명력을 나타내고 있는 것 같아.'

신자부로는 모든 것이 다 컸다. 그 골격도, 손바닥도, 입도, 이곳도.

히데아키는 그 크기에 안도했다. 대지의 품에 안겨 있는 듯한, 모

든 것을 맡겨버릴 수 있을 듯한 따뜻한 다정함을 느끼는 것이다. 물론 그게 한 번이라도 자신에게 해를 끼치는 존재가 된다면 그것과는 완전히 다른 엄청난 위협을 느끼겠지만.

"아아, 도련님……, 어쩜 이렇게 사랑스러우신가요."

한숨 같은 속삭임과 함께 거리낌 없이 츄릅츄릅 핥고 빠는 소리가 가랑이 사이에서 울려 퍼졌다. 히데아키는 쾌감으로 인해 허리에 힘이 빠질 것 같으면서도 자신도 필사적으로 신자부로를 한입 가득히 넣었다.

열심히 전부 입에 넣으려고 했지만, 간신히 목 안까지 삼킬 듯 넣어도 음경의 꽤 많은 부분을 담아내지 못했다. 뿌리 쪽을 손가락으로 짜면서 머리를 위아래로 움직이자, 남근이 한층 긴장하며 굳어지는 것을 알 수 있었다.

느껴주고 있다 —— 그렇게 생각하자, 히데아키가 느끼던 봉사의 기쁨이 자신의 쾌락으로 바뀌어 갔다.

"응, 응, 흐, 하응, 아, 응."

"흐, 아, 히데아키, 님……, 잘하고 계십니다."

신자부로는 갑자기 솜씨가 좋아진 히데아키를 향해 허리를 떨었다. 자신도 완전히 도취된 상태로 히데아키의 것을 맛보았고, 동시에 점차 두 사람은 서로의 고동에 맞추듯 하나의 덩어리가 되어 들썩거리면서 관능의 가락을 연주하기 시작했다.

히데아키는 입술과 입안도 성기와 마찬가지로 기분이 좋다는 사실을 처음 알았다.

'아아……, 못 참겠어. 뭔가를 입에 넣고 빠는 게 이렇게나 즐겁다니.'

실컷 빤 신자부로의 향기롭고 진한 피가 히데아키의 안에서 용솟음치기 시작하기라도 한 것처럼, 히데아키는 남근의 맛에 완전히 취해 있었다. 목구멍으로 파열될 것 같은 귀두를 집요하게 빨고, 입술로 굳어진 음경을 츄릅츄릅 쥐어짰다. 그러자 선단의 동굴에서 점점 짠 눈물이 흘러나오며 히데아키를 기쁘게 했다.

"으응, 아아, 맛있어. 역시 그대의 체액은 최상의 것이야."

"아아, 그렇게……, 부채질하지 마세요. 또 금방 나와버릴 것 같습니다."

"괜찮아. 내보내. 어서 마시게 해줘."

히데아키는 벌써 약한 소리를 내기 시작한 신자부로를 난폭하게 재촉했다. 처음에는 턱이 빠질 것 같았던 느낌도 다 어디로 갔는지, 그런 건 다 잊어버리고 세차게 빨아 올리며 쥐어짜 댔다. 눈앞에서 신자부로의 허벅지 근육이 굳어지고, 발가락 끝이 꽉 말렸다. 신자부로의 절정이 가까워졌음을 깨달은 히데아키는 더욱더 격렬하게 움직였다.

"큭, 으윽, 아, 나올 것 같아요, 아, 히데아키, 님, 아앗."

"응, 흐, 응, 으응……."

쾌락의 신음과 함께 입안에서 엄청나게 굵은 양근이 몸부림쳤다. 신자부로의 사정과 동시에 히데아키의 것도 몇 번째인지 모를 절정을 맞이했다.

청년의 것은 세 번째인데도 잘도 이렇게나 많은 양을 쏟아 냈다 싶을 정도였지만, 히데아키는 고대했던 사정감의 결실을 전부 꿀꺽 삼켜버리고 말았다.

그 향기, 그 맛. 모든 게 히데아키를 취하게 하고, 황홀하게 만들었다. 또한 이만큼이나 내보냈는데도 아직 불씨가 되살아나듯이 딱딱함을 유지하는 그것에 히데아키는 몸속에 떨리는 듯한 흥분을 느꼈다.

"신자부로……, 더 하자. 밤은 이제부터야."

히데아키는 상기된 얼굴에 뿌연 미소를 지었다.

그 후로는 끝이 보이지 않는 내리막길이 어디까지고 아래로, 또 아래로 떨어질 뿐이었다.

폭풍 같은 동란

두 사람은 자나 깨나 늘 꿈속에 있었다.

히데아키는 신자부로를 한시도 떼어 놓지 않게 되었고, 신자부로의 식사조차 히데아키의 방에서 먹도록 명령하여 시녀에게 상을 가지고 오도록 했다.

"신자부로, 왜 그래? 안 먹나?"

"하, 하지만 도련님."

히데아키는 상을 앞에 둔 신자부로의 무릎 위에 올라탄 상태였다. 그리고 그 목에 팔을 두른 채 뺨에 뜨거운 숨을 불어넣고 있었다. 신자부로는 얼굴이 빨개진 데다, 젓가락을 잡은 손의 움직임도 불안했다.

“그대가 다 먹을 때까지 이렇게 기다리고 있잖나. 어서 먹어.”

“이 상태로는……, 먹을 수 없습니다.”

“그럼 내가 먼저 먹어도 되겠느냐?”

히데아키의 작은 혀가 목덜미에 착 닿았다. 그 피부 아래에 숨쉬는 따뜻한 피의 순환을 상상하자, 히데아키는 벌써 흥분하여 몸을 떨었다. 아, 하고 작게 새어 나온 신자부로의 한숨에 부채질당한 히데아키는 신하의 대답을 기다리지 않고 그곳에 입술을 놀렸다.

“잘 먹겠다……, 신자부로.”

“아, 도련님…….”

히데아키의 송곳니가 남자의 탄탄한 피부를 뚫었다. 히데아키는 입안에 흘러들어 오는 꿀 같은 피 맛에 취해 달콤한 쾌락에 잠겼다.

짤그랑, 젓가락이 그릇 위에서 소리를 내면서 떨어졌다. 신자부로는 짐승처럼 숨을 거칠게 몰아쉬며, 양손으로 히데아키를 껴안은 채 그 피부를 만지작거리기 시작했다.

“하아, 하아, 히데아키 님.”

“응…….”

히데아키가 피를 빨 때마다 신자부로의 숨이 조급해져 갔다. 울툭불툭한 손은 히데아키의 기모노를 젖히고는 가슴을 더듬어 아직 부드러운 젖꼭지를 애무하기 시작했다.

“흐, 아. 신, 자부로.”

“아아……, 사랑스러워라.”

신자부로는 열중하여 정신없이 아담한 유두를 굴렸고, 유두가 딱딱해져서 심지가 생기기 시작하자 엄지와 검지 사이에 끼어 빙글빙글 비틀었다.

여태까지 아무렇게도 생각하지 않았던 그곳을 그런 식으로 집요하게 애무당하자, 히데아키는 아, 아, 하고 작은 소리를 내며 몸을 꼬았다.

"히데아키 님, 기분 좋으세요?"

"응응, 으, 아아, 좋아……. 왠지, 허리 안쪽이, 뜨거워져."

"그렇게 여기가 좋으십니까? 아아, 이곳이 이렇게나 딱딱해졌네요."

신자부로의 배에 팽창한 그것이 밀어붙여졌다. 히데아키는 청년의 피를 빨면서 가슴을 애무당했고, 그곳이 만지지도 않았는데 발기했다.

"당신은 처음부터 제 피를 빠는 것만으로도 여기가 섰었죠."

"그대의 피를 입에 대면 이렇게 되고 만다. 머릿속이 멍해져서 뭐가 뭔지 모르게 돼."

"아아……, 당신은 귀여워요. 너무 사랑스러워서 저도 당신을 삼켜버릴 것 같아요."

신자부로는 목을 비틀어 피에 젖은 히데아키의 입술을 빨았다. 잇몸을 간지럽히고, 입천장을 핥으면서 혀를 휘감아 —— 그러는 사이에 그 손은 어느새 히데아키의 하카마를 풀고 하얀 하반신을 만지작거렸다.

'아아. 이 남자가 만지는 건 어쩜 이렇게 기분이 좋을까. 사에몬이 만졌을 땐 오한밖에 느껴지지 않았는데……. 이 남자가 입을 빨고 피부를 만지는 것만으로도 절정에 달해버릴 것 같아.'

히데아키는 신자부로의 목을 끌어안고는, 무아지경이 되어 입술을 빠는 행위를 맛보았다. 흥분해서 혀를 휘감는 동안에 어느새 또다시 혀에 이를 대고 타액과 함께 배어나는 피를 마셨다.

"아……, 히데아키 님의 이곳은 어쩌면 이렇게……."

"그대와는 어제도 아침이 밝을 때까지 몸을 섞지 않았나. 나는 오늘 밤에도 빨리 그대를 맛보고 싶어서 준비해 두었다."

평소에는 옷도 혼자 갈아입지 않는 히데아키가 신자부로와의 성교를 위해 직접 항문을 부드럽게 풀다니, 이미 중독이었다. 게다가 히데아키는 속옷을 입고 있지 않았다. 어차피 서둘러 풀어버릴 테니 쓸모없다는 양, 신자부로와의 일이 있고 나서부터 히데아키의 하카마 아래는 항상 알몸이었다.

신자부로는 히데아키의 말에 눈을 촉촉이 적시며 드높은 목소리로 환희했다.

"아아, 히데아키 님……. 그렇게나 저를 원하십니까?"

"원한다. 원하는 마음에 견딜 수가 없어. 사실은 그대를 이곳에서 내보내고 싶지 않아. 온종일 그대를 맛보고, 몸을 섞고 싶다……."

히데아키는 열정적으로 신자부로에게 달라붙어 한층 깊게 입을 맞췄다. 그리고 어느샌가 능숙해진 솜씨로 신자부로의 하카마를 벗기고는, 훈도시 옆으로 약간 밀어 그 안에서 팽창한 물건을 드러나게 했다.

기세 좋게 굴러 나온 탱탱한 물건은 이미 선단에서 눈물을 흘렸고, 음경에는 뜨거운 혈관이 튀어나온 채 무겁게 목을 흔들고 있었다. 히데아키는 그 모습을 보는 것만으로도 엉덩이 깊은 곳이 욱신거리며 빨리 안을 꽉 채우고 싶다는 욕망에 열을 올렸다.

"그대의 이것은 위세가 좋구나. 아무리 정액을 흘려도 점점 딱딱하게 솟는다니."

"저도 이상합니다. 이런 적은 지금까지 없었습니다. 히데아키 님과 몸을 섞고 있으면 끝이 없는 것 같아서 두렵습니다."

"두려운가? 그렇겠지."

뺨을 붉게 물들인 신자부로는 미소 짓는 히데아키를 집어삼킬 것 처럼 바라보았다.

그 올곧은 눈동자가 히데아키를 포로로 만들었다. 자신을 속이지 않는 우직하기까지 한 신자부로의 마음이 히데아키를 사로잡고 놓아주지 않았다.

"나도 두렵다. 스스로가 귀신이라고 증명해버린 것 같아서 말이지."

"히데아키 님……."

"신자부로. 나는 말이야, 그대의 피를 빨고 정액을 맛보고 나서부터 갑자기 몸 상태가 좋아졌어. 사람이 먹는 것도 배불리 먹을 수 있게 됐지. 몸 구석구석까지 기운이 충실하고, 지금이라면 무엇이든 할 수 있을 것 같은 기분이 든다."

히데아키는 신자부로와 마주한 채로 자신의 엉덩이에 신자부로의 음경을 채워 갔다. 항문이 넓혀지는, 그 형용할 수 없는 쾌감.

"아, 아아아."

"크윽. 히데아키, 님!"

히데아키는 넋을 잃은 채 천천히 허리를 떨어뜨렸다. 신자부로는 더 이상 참을 수 없다는 듯, 히데아키의 엉덩이를 주무르면서 허리에 꽉 힘을 주어 깊숙이 밀고 들어가려 했다.

"윽, 으."

쿵, 가장 깊은 곳까지 찌르자, 히데아키는 하얀 목을 뒤로 젖히며 벌어진 빨간 입술에서 타액을 흘렸다. 길고 큰 신자부로의 굵은 음경을, 그 모양과 움직임까지 자신의 안에서 하나도 빠짐없이 느꼈다.

그 크기를 천천히 맛보고 있자, 신자부로는 새빨간 얼굴을 땀으로 적시며 궁지에 몰린 듯 한숨을 토해냈다.

"우, 움직여도, 괜찮, 을까요?"

"신자부로, 힘든가?"

히데아키는 축축한 남자의 입술을 핥으며 요염하게 속삭였다.

"괜찮다. ……그대가 하고 싶은 대로 해."

"히, 히데아키 님!"

허락을 받은 순간, 신자부로는 히데아키의 허리를 잡고 짐승 같은 움직임으로 쑤셔 올리기 시작했다. 무척이나 굵은 음경이 질퍽,

질퍽, 끈적거리는 소리를 크게 내며 촉촉한 점막을 비집고 들어가 솟았고 믿기지 않을 정도로 가장 깊은 곳을 꿰뚫었다.

"히익. 아앗."

히데아키는 처음 그 한 번의 움직임에 수술에서 정액을 내뿜었다. 신자부로가 들쑤실 때마다 푹, 푹, 간헐천(間歇泉)처럼 하얀 체액이 흩날리며 절정이 멈추지 않았다.

"히앗, 앗, 아히, 이익, 아, 하아아."

"큭, 흐, 하아, 하아, 히데아키 님, 히데아키 님!"

신자부로는 무아지경이 되어 남근을 푹푹 넣었다 뺐다 하거나 안까지 비집고 들어가서 그대로 빙글빙글 허리를 돌리거나 했다. 또한 히데아키의 볼기짝을 양손으로 꾹꾹 주무르면서 자신의 것을 깊이 문 둥근 부분을 손가락으로 훑었다. 격렬한 움직임에 흰 거품이 일어난 점액이 남근의 줄기를 미끈거리며 타고 흐르는 그 감촉조차 기분 좋았다.

"하앗, 아아, 아아, 굉장해, 극락이야. 아아, 죽어버릴 것 같아."

히데아키는 금방 제정신을 아닌 상태가 되어 혀도 잘 돌아가지 않았고, 등줄기를 실룩실룩 경련시키면서 끊임없이 정액을 끈적하게 흘리고 있었다.

몇 번이나 몸을 섞었는지 모르겠지만, 횟수를 거듭할수록 맛이 더해진 데다 깊이는 끝을 모를 정도가 되어 히데아키는 이렇게 신자부로의 음경을 물고 있는 것만으로도 정액이 멈추지 않게 되었다.

땀에 젖은 뺨은 쾌락에 마비되었고, 피에 젖은 빨간 입술은 덜덜 떨렸으며, 때때로 정신을 잃는지 입가에 거품을 문 채 눈을 뒤집었다.

제정신을 잃은 모습으로 신자부로의 목을 물고 늘어지며 츕츕 소리를 내어 피를 빨자, 남자의 음경은 한층 탄력을 받아 크게 휘면서 히데아키에게 기쁨의 비명을 지르게 했다.

"아아……! 아, 하아앗, 죽어, 죽겠어."

"크윽! 으, 으윽, 이제, 갈 것 같아요."

"하아, 아아, 좋아, 아아아, 와, 와줘, 아, 하앗."

청년은 뺨에 핏대를 세우고 허리를 맹렬하게 쑤셔 올렸다. 낮은 신음 소리와 함께 히데아키의 가장 깊은 곳에서 정액을 콸콸 내보내자, 히데아키도 그 감각에 또다시 거의 투명해진 정액을 뿜었다.

"아……아아아."

"헉, 아, 아아……, 히데아키, 님……."

사정의 쾌감에 안도하는 것도 잠시, 어느새 위를 향한 채 눕혀진 신자부로의 위에서 히데아키가 미친 듯이 허리를 흔들고 있었다.

"아앗, 하앗, 하앗, 아아, 좋아, 아, 굉장해."

남자의 우람한 배 위에서 춤추듯이 몸을 꿈틀거리는 히데아키는 허약한 체질이라 불리던 게 믿기지 않을 만큼 무척이나 강인했다. 남자의 정액을 끝없이 원하는 탐욕스러움, 정액을 쥐어짜기 위해 넘실거리는 음탕스러운 살, 모든 것이 뛰어났고, 피로를 몰랐다.

또한 신자부로도 몇 번이나 절정에 달했음에도 쇠약해지기는커녕 끝없이 팽창해 갔으며, 그 늠름한 육체는 히데아키를 밤새 환희에 울게 만들었다.

두 사람은 글자 그대로 정사에 미쳐있었다. 너무 몰두한 나머지, 해가 뜨는 걸 잊은 적마저 있었다.

정사를 거듭할수록 히데아키의 피부는 윤기를 머금었고, 검은 머리는 젖은 듯한 광택을 발했으며, 눈은 항상 촉촉했고, 피부는 숨이 콱콱 막힐 정도로 좋은 향기가 나게 되었다.

신자부로도 평소부터 성욕이 강한 편이긴 했으나, 그보다 몇 배로 히데아키를 원하는 욕망이 강해졌으며, 자나 깨나 그 늠름한 몸은 히데아키를 맹렬히 갈구했다.

히데아키에게 깨물린 상처 자국은 이상하리만치 금방 나았지만, 또다시 같은 곳을 깨물렸기 때문에 상처 입고 낫는 과정을 몇 번이나 반복하고 있었다. 또한 이만큼 피를 빨렸는데도 몸에 이상이 생기기는커녕, 신자부로는 점점 정강해져 갔다.

그러나 두 사람은 이미 그런 기괴한 일 따윈 아무래도 좋았다. 몸을 찰싹 포개고 몸을 섞을 수 있다면 그걸로 만족했다.

밤은 눈 깜짝할 사이에 깊이를 더해 갔다.

있는 대로 들쑤셔지는 바람에 붉은 점막을 보이며 쓰러져 누운 히데아키의 뻥 뚫린 곳에서 신자부로가 내보낸 농밀한 정액이 실처럼 늘어졌다.

다른 생명체처럼 수축하는 그 속살을 바라보고 있자, 신자부로의 물건은 질리지도 않고 고개를 들었다.

히데아키는 그 모습을 보더니, 땀으로 범벅이 된 뺨에 녹아들 것 같은 미소를 새겼다.

"그대도 훌륭한 괴물이 되었구나."

"히데아키 님을 위한 괴물이 될 수 있다면 후회는 없습니다."

상 위에 남겨진 음식은 이미 완전히 식은 상태였다. 식사도 아랑곳하지 않고 탐닉하는 바람에 신자부로는 배가 고프지 않을까 생각했지만, 필시 히데아키를 탐하고 있으면 공복도 잊어버릴 것이다.

한숨 돌리기도 아쉽다는 듯, 신자부로는 히데아키의 몸을 덮으며 그 입술을 사랑스럽게 빨았다.

"히데아키 님……. 저는 히데아키 님의 곁에 있을 수 있다면 다른 건 아무것도 필요 없습니다."

"묘한 말을 하는구나. 그대는 아버님을 도와 천하를 손에 넣겠다고 하지 않았나?"

"그보다 멋진 일이 이미 이 품 안에 있습니다."

그렇게 말하며 늠름한 품 안에 히데아키를 끌어안고는 뺨을 비볐다.

"이런 행복이 있을 줄은 몰랐습니다. 저는 제 길은 전투가 있어야만 성립하는 것이라 생각했습니다."

"그대는 전쟁터에 서면 피가 끓는다고 했어. 전에 있었던 전투에서도 그랬지?"

"네. 히데아키 님을 향한 마음이 채워지지 않은 탓에 생긴 그 울적한 감정이 그 전투에서 도움이 되었습니다."

"신자부로. 그대는 줄곧 나를 안고 싶다고 생각했나?"

노골적인 질문에, 햇빛에 탄 신자부로의 뺨이 상기됐다.

"히데아키 님의 여러 가지 면을 보게 되고 나서부터……, 당신을 연모하게 되었습니다."

"그대는 처음에 나를 업신여겼지. 그랬던 감정이 그렇게 되어버리다니, 기괴하구나."

"제가 어리석었습니다. 히데아키 님뿐만 아니라 모든 사람을 얕봤습니다. 전쟁터에 서는 자만이 가치가 있다고 생각했습니다."

"그 생각은 무척이나 그대답구나."

그리고 히데아키는 그건 사실이라고 생각했다. 이 세상은 모략, 간계를 꾸며 적을 먼저 계략에 빠지게 하는 책략도 중요하지만, 역시 전쟁에서 이기지 않으면 의미가 없다. 전쟁터에 서지 않는 자에게는 가치가 없다고 누구나 그렇게 생각할 것임이 틀림없다. 그렇기에 히데아키는 이렇게 내버려져 있는 것이다.

"나는 누가 돌봐주지 않아도 괜찮다. 몇 명인가 곁에 있으면 자신이 존재한다는 사실을 알 수 있으니까. 그걸로 좋다고 생각했다. 하지만 지금은 그대를 원해. 그대가 날 잊고 떠나는 것만은 견딜 수 없다."

"잊다니, 잊을 수 없는 일입니다."

"하지만 어머님도, 아버님도 날 잊고 떠났어. 피붙이조차 그렇게 떠났으니 내 불안이 사라지지는 않을 것이다."

"그러면 그 불안이 사라질 때까지 제가 믿게 만들어 드리겠습니다."

신자부로는 히데아키의 얼굴에 몇 번이나 입술을 떨어뜨리며 질리지도 않고 그 살갗을 애무하기 시작했다.

오로지 전진 뿐인 이 남자는 히데아키처럼 망설임이 없었다. 적극적으로 행동하는 것이 유일한 길이라 믿고 있었다. 그도 당연한 것이 이렇게 맹렬히 자신을 원하면 신자부로 생각밖에 할 수가 없어진다. 그래서 지금, 이 순간만큼은 불안 따윈 흔적도 없이 사라지고 말았다.

하지만 하룻밤 사이에 정세가 변하는 이 난세에서 과연 영원히 이어질 평안 같은 게 존재할까?

'있다고 한다면……, 그건 이미 사람이 사는 세상의 존재가 아니겠지.'

히데아키는 언제부턴가 성장을 멈추고 만 자신의 몸을 떠올리며 빈정거리는 웃음을 지었다. 그렇다, 변하지 않는 건 자신뿐. 적어도 지금만은 이 남자를 놓고 싶지 않다. 그 격렬한 마음이 히데아키를 한층 탐욕스럽게 다그쳤다.

"아, 아……, 아아아."

더욱더 굵어진 것이 뒤에서 푹 찌르며 들어왔다.

이미 셀 수 없을 만큼 몸을 섞은 후였다. 녹아들 것처럼 풀어진 항문은 어려움 없이 신자부로의 굵은 음경을 받아들였다.

"후우, 으, 최, 최고예요, 안에서 정액이, 달라붙어서……."

몇 번이나 내보내진 농밀한 남자의 정액이 남근의 질량에 눌리는 바람에, 철철 넘쳐흐르고 있었다. 짐승 같은 자세로 뒤에서 푹하고 뿌리까지 박히자 히데아키는 피가학적 쾌감에 취했다.

"아, 아아, 좋아……. 듬뿍 찔러줘……. 나를 장난감처럼 뒤흔들어줘……."

"으으, 히데아키 님이, 엄청나게, 조여요……. 이 자세가 좋으십니까?"

"그래, 좋구나, 좋아……. 신자부로의 얼굴이 보이지 않는 게 무서워서, 왠지, 그게 기분이 좋아."

"제가 아닌 남자에게 범해지는 기분이 드는 게 좋으신가요?"

신자부로의 목소리가 분노로 뒤틀렸다.

"당신이 저 이외의 사람에게 안기는 건 있을 수 없는 일인데……."

"그렇게 생각하나?"

히데아키의 나쁜 버릇이 고개를 들었다.

"모른다. 만약 앞으로 그대가 날 내버려 둔다면……, 아윽!"

허리를 잡혀 한층 깊은 곳까지 쿵 들쑤셔지자, 히데아키의 시야가 하얘졌다.

"그런 일은 용서하지 않을 겁니다……."

"후, 후후."

"뭐가 재밌으신가요?"

"그대는 내 신하야. 나에게 명령을 하다니, 용서하지 않을 거다."

"그렇다면 당신을 범한 남자가 있으면 그놈을 죽이겠습니다!"

평소에도 감정이 풍부한 남자이긴 했지만, 그 분노 또한 장대했다. 신자부로는 피가 뚝뚝 떨어지는 듯한 목소리로 울부짖고는, 강인한 근육의 갑옷으로 감싸인 허리를 흔들면서 히데아키의 안을 휘저었다.

"으윽! 아응!"

"당신이 지금까지처럼 남자들을 가지고 놀면서 그들을 부추기는 짓을 한다면, 난 당신을 가두겠어! 그 어떤 남자의 눈에도 닿지 않도록, 나밖에 안지 못하도록 당신을 데리고 가서 감금하겠어!"

"앗, 앗, 아윽, 아앗!"

철썩, 철썩, 살과 살이 맞부딪치는 소리가 세차게 울렸다. 여태까지 보지 못한 사나운 움직임으로 히데아키를 범하는 신자부로는 마치 정말로 히데아키를 장난감 다루듯, 당장이라도 망가뜨려 버릴 것처럼 마구잡이로 허리를 흔들었다.

"으윽, 아, 깊어, 아아, 깊어……."

오장육부의 가장 깊은 곳까지 엄청나게 굵은 음경으로 찔리자, 뱃속에서 폭력적인 절정의 파도가 잇달아 미친 듯이 날뛰었다. 쿨퍽, 철퍽, 그런 엄청난 소리가 끊임없이 울려 퍼졌고, 히데아키는 가녀린 몸을 자신보다 두 배 가까이 몸집이 큰 남자에게 마음대로 뒤흔들리며 거의 빈사 상태로 바닥에 뺨을 비벼 대면서 쾌락의 눈물에 젖었다.

“윽, 크윽, 으.”

콸콸, 콸콸, 남자는 또다시 사정했다. 그러나 분노가 남자의 욕정에 불을 지핀 듯, 그것은 점점 사납게 용솟음칠 뿐이었다.

“자, 대답하세요, 히데아키 님.”

“아으윽.”

신자부로는 음경을 삽입한 채로 히데아키의 몸을 살짝 뒤집었다.

악귀처럼 노여움에 일그러진 신자부로의 얼굴이 눈앞에 보이자, 히데아키는 몸을 파르르 떨었다.

“저 이외의 남자에게는 안기지 않겠다고 약속해 주십시오.”

“신자부로…….”

“저에게만 안기겠다고……, 맹세하십시오!”

거칠어진 눈이 타오르고 있었다. 그 빛은 무척이나 아름다웠다.

히데아키는 느꼈다. 이 남자의 아름다운 용모는 감정에 의해 그 색채를 선명하게 바꾸는 것이다.

“싫다.”

“히데아키 님…….”

“아랫사람에게 강요당하는 건 딱 질색이다.”

이 남자가 더 노여워하는 모습을 보고 싶었다. 순수한 신자부로는 히데아키의 의도를 조금도 알아채지 못한 채, 상처받은 눈을 하고는 격정에 얼굴을 붉혔다.

“어째서죠!”

신자부로는 히데아키의 가랑이 사이에 맺어진 열매를 꽉 쥐고는, 그 바로 뒤쪽에 있는 민감한 응어리를 귀두 앞쪽으로 꾹 찔렀다.

“히익…….”

“당신은 저만으로는 만족하지 못하시는 겁니까!”

신자부로는 남색은 처음인데도 이미 도련님의 —— 히데아키의 몸을 완벽하게 알았다.

신자부로는 히데아키가 가학적인 취미와 피가학적인 취미를 동시에 가지고 있다는 사실을 무의식중에 깨달았기에, 고통을 동반하는 행위 또한 쾌락이 되는 것을 알고 있었다.

히데아키는 난폭하게 범해지길 바라고, 또한 자신도 위에 올라타서 마음껏 탐하는 행위를 선호했다. 안을 깊숙이 찔리면 몇 번이고 정신을 놓아버리며, 얕은 곳에 있는 쾌락의 신경이 그대로 밖에 드러난 것 같은 곳은 너무 예민해서 고통을 동반했다.

“싫어, 아아, 신자부, 로!”

“이건 벌입니다! 저를 이렇게까지 포로로 만들어 놓고는 가지고 노는 듯한 짓을 하는 당신을 향한…….”

일찍이 히데아키를 범하려 했던 사에몬이 비슷한 말을 했었다.

남자는 모두 히데아키에게 놀아나고, 벌을 주려 하는 존재인 것일까? 하지만 좋아하는 남자에게서 듣는 벌이라는 말은 어쩜 이토록 달콤한 울림을 담고 있는 걸까?

신자부로는 히데아키가 정액을 쏟아내지 않도록 음경을 꽉 쥔 채, 이래도 버틸 것이냐는 양 그 뒤쪽을 우람한 귀두로 벅벅 휘저었다. 히데아키의 눈앞에 불꽃이 튀었고, 침을 흘리면서 가는 허리를 뒤로 젖혔다. 급격한 사정감이 북받쳤지만, 신자부로의 손가락이 그것을 용서하지 않았다.

"히익, 아아, 싫어, 아, 놔줘, 놔줘……."

"안 됩니다. 이건 벌이라고 말하지 않았습니까."

"싫어, 아, 싫어."

히데아키는 화끈거리는 뺨에 소리 없이 눈물을 흘렸다.

신자부로의 얼굴에 감출 수 없는 흥분과 야수의 욕망이 스쳤다. 그 사나운 표정이 히데아키의 음란한 욕망을 돋우며 더욱더 피가학적인 쾌감에 몰두하게 했다.

"말씀하세요! 저뿐이라고 말씀하세요!"

"싫어, 싫어, 아, 아아아."

이윽고 궁지에 몰린 목소리로 울부짖었지만, 신자부로는 용서할 낌새도 보이지 않았다. 짓누르고 있어도 투명한 윤활제가 눈물처럼 쏟아지면서 남자의 굵은 손가락을 적셔 갔다.

"내보내고 싶으시죠? 여기가 이렇게나 젖어 있어요."

"하아, 하아, 아아, 내보내고 싶어."

"당신은 한마디만 하고 저를 따르면 되는 것뿐인데, 어째서 말씀하시지 않는 겁니까?"

"내가 복종 같은 걸 할 것 같으냐?"

신자부로는 우는 주제에 거만한 미소를 짓는 히데아키를 보며 눈을 가늘게 떴다.

"그럼 제가 절정에 달할 때까지 이대로 있어 주시죠."

"아……, 그, 런……, 힉, 아, 으아앗."

신자부로는 그곳을 덥석 쥔 채 가차 없이 허리를 힘껏 들썩였다. 히데아키는 망측하게 힉힉 울부짖으면서 몇 번인가 실신하고, 또다시 가해진 자극으로 눈을 뜨길 반복하며 배를 흠뻑 적셨다.

"아, 아아……."

"크, 으……, 히, 히데아키 님."

히데아키의 안이 쾌감을 느낄 때처럼 몇 번이나 신자부로를 꽉 조였다.

앞에서의 사정이 허락되지 않는 히데아키는 엉덩이로 느끼는 감각만으로 절정에 달했다. 그건 어쩌면 여자의 절정과 비슷할지도 모른다. 허리 안에 달콤한 저림이 쿵 퍼지며 뜨거운 쾌감의 파도가 밀려오는 듯이 사지 끝까지 꿀 같은 쾌락이 맹렬히 느껴졌다.

"흐아, 아……, 좋아……, 아아아."

"크윽!"

신자부로는 참지 못하고 히데아키의 안에서 한계에 달했다.

동시에 히데아키를 조이던 손가락에서 힘이 빠지자, 막혀 있던 정액이 기세 좋게 쏟아졌다.

"아……, 흐아아."

눈앞에 극채색 세계가 펼쳐졌다. 신자부로의 모진 괴롭힘으로 인해 눈물로 젖은 뺨이 격렬한 쾌감 때문에 실룩실룩 경련했다.

신자부로는 그 모습을 보고 쓴웃음을 지으면서 아직 분노에 그을린 탁한 눈빛으로 갑자기 똑바로 히데아키를 응시했다.

"정말이지……, 고집이 센 분이시군요."

한동안 망아의 경계를 헤매이던 히데아키는 문득 제정신이 돌아온 듯, 그 눈에 이성을 품고 신자부로를 바라보며 미소 지었다.

"나에게 명령할 수 있는 자는 나뿐이야."

신자부로는 그 얼굴을 보고는 거칠게 몸을 당기더니, 세차게 입술을 빨았다.

히데아키는 그 강인한 힘에 도취되면서 신자부로의 굵은 목에 하얀 팔을 감은 후, 입술을 찰싹 대고 작게 웃었다.

"내가 그대를 놓을 리가 없잖아……. 이 어리석은 놈."

"아, 히데아키 님……."

마치 날뛰던 말을 조련하려는 듯, 히데아키는 싱싱한 피부에 이를 세웠다.

신자부로는 그 쾌락에 취해 신음하며 도련님의 가녀린 허리를 떨리는 손으로 끌어안았다.

*　　*　　*

그러나 도를 넘은 이 유희를 주변에서 눈치채지 않을 리가 없었다.

두 사람은 밤에 모두가 잠들어 고요해진 틈을 타 정신없이 이런 저런 곳에서 정사를 나누었고, 어느새 그 사실은 히데아키를 보살피는 모리카츠에게 알려지게 되었다.

그리고 어느 날 갑자기 모리카츠는 여태까지 있었던 남자들처럼 신자부로를 히데아키의 시중 임무에서 해임했다.

"어째서입니까!"

비명을 지르는 신자부로를 향해 모리카츠는 시름에 잠긴 암담한 표정을 지었다. 그러고는, "그대가 가장 잘 알잖나?"라고 말할 뿐이었다.

히데아키도 참고만 있진 않았다.

"할아범, 신자부로를 다시 불러."

그렇게 몇 번이나 애원했지만, 모리카츠는 고개를 끄덕이지 않았다. 새로운 신하가 와도 이미 히데아키가 원하는 사람은 신자부로뿐이었다. 히데아키는 신하를 거들떠보지도 않고 최소한의 신변 시중만 하게 할 뿐, 전처럼 술을 마시며 야단법석을 떨기는커녕 정원에도 나가지 않고 방에 틀어박혀 책만 볼 뿐이었다.

모리카츠는 여태까지 누구를 그만두게 해도 불평 한마디 하지 않았던 히데아키가 이 정도로 항의하는 데 내심 놀랐다. 역시 제 몫을 하지 못한다고는 해도 히데아키는 후지요시 가문 당주의 정실 아들이었다. 신자부로에게 그런 마음이 없다는 건 알고는 있지만, 히데아키를 추대하여 뭔가 불온한 짓을 저지르지 않을 거라고는 할 수 없었다. 모리카츠의 임무에는 그걸 감시하는 역할도 포함되어 있었다.

그러나 이 늙은 신하의 불안은 생각지도 못한 형태로 적중했다.

“히데아키, 오랜만이구나.”

“숙부님.”

외곽 저택에 돌연 히데아키의 숙부, 히데노부가 찾아왔다.

히데노부는 가혹하다고들 하는 형 히데이에와는 정반대의 성격으로, 보수적이며, 신을 극진히 받드는 마음이 강해서, 작년에 머리와 수염을 밀고 ‘도겐’이라는 법명을 갖게 되었다. 하지만 친족 중에 이 이름을 부르는 사람은 아직 적었다.

“마지막으로 만난 건 분명 네 관례식 때였지? 이것 참, 놀랐어. 원래 용모가 아름다운 아이였지만, 이 정도로 아름다워졌을 줄이야.”

“이렇게 갑자기 무슨 일이십니까?”

히데아키는 예전을 그리워하는 히데노부를 주체 못하겠다는 듯이 단도직입으로 물었다.

“무슨 일이 있나요?”

“아니, 아무 일도 없어. 단지 네 얼굴이 보고 싶어져서 말이지.”

히데아키가 다른 친족과 마찬가지로 여태까지 자신을 거들떠보지도 않던 숙부의 갑작스러운 심경의 변화를 수상쩍게 여기는 것도 무리는 아니였다.

그 기운을 피부로 느꼈는지, 히데노부는 동정이 담긴 눈으로 히데아키를 보았다.

“형님의 유일한 정실 자식인데 이런 취급이라니. 무척이나 원통하겠구나.”

“아니요. 남보다 못한 제가 나쁩니다. 아버님의 판단은 옳으십니다.”

“히데아키, 정말로 그렇게 생각하느냐?”

히데아키는 아무 생각 없이 고개를 끄덕였다. 그렇게 단념한 건 어제오늘 일이 아니다. 히데아키의 지금의 나날은 체념과 함께 시작되었던 것이다. 원하는 건 단 하나, 신자부로뿐이었다. 집안의 대를 이어 나가거나 다른 지위 같은 건 이제 와서 딱히 갖고 싶지 않았다.

히데노부는 히데아키의 반응이 예상 밖이었는지 약간 당황한 모습으로 침묵하더니, 이윽고 화제를 전환했다.

“네 아버지가 불가를 탄압하고 있다는 사실은 알지?”

“네.”

히데아키는 대답했다. 히데이에는 승려의 부패와 권력을 향한 욕망을 증오했다. 절끼리 칼을 들고 서로 싸우는 일도 적지 않았으며, 그 힘은 때때로 무가를 위협하기도 했다.

“이제 곧 몬잔사를 화공한다고 하더군. 솔직히 난 두렵다. 머지않아 후지요시 가문에 신불의 심판이 내리지 않을까 하고.”

‘이미 내려졌어.’

히데아키는 가슴속으로 혼잣말을 했다. 귀신 같은 아이가 태어난 게 가장 큰 증거가 아닌가.

그건 그렇다 치더라도 히데아키는 이 난세에 영주 중에도 출가하여 신이다, 부처다 하면서 법명을 대는 자가 많은 사실이 이 어쩜 우스운 일일까 생각했다. 신불에게 의지하면 뭐든 용서받을 줄 아는 건가.

히데아키는 숙부의 시원하게 깎은 둥근 머리를 바라보면서 코웃음을 쳤다.

"숙부님. 저는 여태까지, 그리고 앞으로도 정치와는 상관없는 몸입니다. 누가 가문의 당주가 되든 저는 달라질 게 없습니다. 그게 아버님이든, 숙부님이든……."

"히, 히데아키."

히데노부는 아무렇지도 않게 모반을 부추기는 히데아키의 말에 황급히 엉거주춤 일어났다. 누가 듣기라도 하면 이 일만으로도 처벌을 받고 말 것이다. 히데노부에게는 이미 전과가 있었다.

"걱정하지 않으셔도 됩니다. 이곳에 친족이 아무도 접근하지 않는다는 사실은 숙부님도 아시지 않습니까."

"하, 하지만."

"숙부님 이제 슬슬 이곳에 오신 진짜 이유를 말씀해주시겠습니까?"

답답할 정도로 미적지근한 대화는 질색이었다. 히데노부는 지루함을 감추지조차 않는 히데아키의 모습을 보며 쓴웃음을 지었다.

"히데아키, 너에게는 당해낼 수가 없구나."

히데노부는 웃는 얼굴로 퍼런 머리를 어루만지면서 꿇었던 무릎을 펴고 편안히 앉았다.

"너는 영리한 아이지. 옛날부터 모자란 척을 하고 있던 건 알고 있었다. 이번에도 네가 짐작하고 있는 그대로다."

"저는 아무런 도움도 드릴 수 없습니다."

"알고 있다. 그걸로 됐다. 오히려 그렇게 해달라고 부탁하러 왔다."

히데아키는 저도 모르게 미소를 지었다. 뭘 하려 해도 그럴 힘이 없는 건 명백한데, 참으로 소심한 숙부였다.

"나한테도 자식이 있다. 장남은 너와 같은 나이지. 너와 한 번 만난 적도 있어."

히데아키는 전혀 기억하지 못했다. 연도 없는 친족 따윈 남이나 마찬가지였다.

"이렇게 승려의 몸이 된 것도 대가 바뀔 때가 가까워졌음을 알리기 위해서다. 하지만 과연 지금 후지요시 가문은 내 자식이 섬기기에 어울리는 가문일까? 요새 그런 생각만 하고 있단다."

"숙부님은 자녀분을 많이 사랑하시는군요."

솔직히 부럽다고 생각했다. 부모 자식이라는 건 원래 그렇게 서로를 생각하면서 정을 키우겠지. 귀신인 자신과는 인연이 없는 것이다. 그렇게 생각하며 히데아키는 허무함을 느꼈다.

"난 네 처우를 나쁘게 하진 않겠다. 바라는 것을 주고, 바라는 지위를 내리마."

"바라는 것을."

"그래, 그 말대로다."

히데노부는 고개를 끄덕였다. 하지만 이 숙부에게는 바랄 게 아무것도 없었다.

문득 히데노부는 뭔가를 떠올린 듯 고개를 갸웃하더니, 중머리를 쓰다듬었다.

"광견을 한 마리 키우기 시작했는데 말이지."

히데아키는 깜짝 놀라 눈을 휘둥그레 떴다.

"그 녀석이 너를 자신의 것으로 만들 수 있다면 내게 사육되겠다고 짖는 통에 말이야. 요전에 억지로 둘을 갈라 놓은 것 같더구나. 그 광견은 이미 주위의 모든 것에 적의를 드러내고 있더군. 그저께도 이곳으로 돌아오려고 날뛰다가, 불쌍하게도 감옥에 갇히고 말았어. 그 참에 내가 이번 일에 관해 넌지시 떠봤는데, 그랬더니 그렇게 대답하더군."

'광견…….'

분명히 신자부로를 시사하고 있었다. 히데아키는 히데노부가 이곳에 온 목적을 깨달았다. 그 광견과의 계약에 동의를 얻기 위해서였다.

"아마 그 광견이……."

무의식중에 뺨이 붉어졌다.

"제가 원하는 것입니다."

"그렇군."

히데노부는 만족스럽게 고개를 끄덕였다.

"그렇다면 아무 문제도 없겠지?"

이걸로 계약은 성사된 것이다. 히데노부는 그 순간 긴장을 풀며 차를 마시고는, 다시 한 번 히데아키를 빤히 관찰했다.

"그건 그렇다 쳐도, 넌 무서운 남자구나."

"왜 그렇게 생각하시는 겁니까?"

이렇게 모두에게서 잊혀진 자신의 어떤 부분이 무섭다는 걸까?

"그 남자만이 아니라 여태까지 시중을 들던 몇 명이나 되는 남자들을 미치게 만들었다고 하던데. 아아, 무서워라."

"누가 그런 말을?"

"다 안다. 시중을 들다가 해임된 자들의 모습을 보면."

히데아키는 눈을 크게 깜빡였다.

그러고 보니 히데아키는 이곳을 떠나간 자들이 그 이후 어떻게 되었는지 전혀 몰랐다. 관심도 없었고, 물어본 적도 없었기 때문이다.

"그자들은 지금 어떻게 됐나요?"

"네가 실물과는 전혀 다르게 소문이 난 건, 이곳을 떠난 자들이 너에 대해 전혀 이야기하려 들지 않기 때문이다. 진실을 말하지 않아. 말할 수 없는 거지."

"그건……, 대체 무슨 뜻이죠?"

"그들은 두려워하는 거야. 외곽 저택에 있는 도련님이 이 세상 사람이라고는 생각되지 않는 미모의 소유자라는 사실을 알면 남자들이 흥미를 가지고 말 테니까."

"그래서 사실과 다른 이야기를 한다는 건가요?"

"그렇겠지. 게다가……, 실제로 제대로 말을 하지 못하게 되어버린 자도 있거든. 네가 그리운 나머지 정신이 돌아서 스스로 목숨을 끊거나 감옥에 갇혀버린 자도 있어. 그게 또 그 도련님은 사람에게 재앙을 내리는 무서운 귀신이라는 둥, 유령 같다는 등의 소문을 진실처럼 여기게 만들었지. 정말이지, 소문이 퍼지는 건 기묘한 일일세."

히데아키는 마치 그 잘못이 모두 히데아키에게 있다는 듯한 숙부의 말투에 질리고 말았다.

"제가 미치게 만든 게 아닙니다. 그들이 멋대로 이상해진 겁니다."

"나쁜 여자는 다들 그렇게 말하지. 그야말로 경국의 미녀구나……. 하긴, 넌 남자지만."

히데아키는 기분 나쁜 농담을 하는 히데노부를 향해 한숨을 쉬었다.

"아무리 좋게 봐도 제가 그들을 귀여워했다고는 할 수 없습니다. 오히려 괴롭히기만 했는데……, 어째서 그렇게 되고 만 건지 모르겠어요."

"글쎄. 그건 나도 모르겠다만……, 히데아키, 넌 어째서 그 광견을 그리워하는 거냐?"

갑자기 신자부로에 대한 이야기로 돌아오는 바람에 히데아키는 내심 깜짝 놀랐다. 그 남자에 대해 이야기할 때만은 평정을 유지할 자신이 없었다.

"다른 자들은 아무래도 좋다는 말투였잖느냐. 그런데 대체 왜 그 남자만을 원하는 거지?"

"그건……."

왜냐고 물은들, 히데아키는 누군가에게 설명할 마음 따윈 처음부터 없었다. 신자부로가 신경 쓰이기 시작한 건 역시 그 저주스러운 기벽을 들킨 이후부터였다.

그러나 그것은 단순한 계기에 지나지 않았다. 이렇게까지 집착을 갖은 데는 다른 사람에게는 설명할 수 없는 심경 변화와 자신도 잘 모르는 본능적 충동이 있기 때문이었다.

잠시 침묵하던 히데아키는 이윽고 불손한 얼굴로 이렇게 말을 내뱉었다.

"그자가 제 것이기 때문입니다."

"음?"

"제 것을 원하는 게 뭐가 나쁘죠? 그건 원래 제 것입니다. 빼앗는 쪽이 이상한 겁니다."

그 대답을 들은 히데노부는 어안이 벙벙한 표정을 지었다. 그러더니 그 직후, 환하게 미소 짓더니 쾌활하게 웃기 시작했다.

"아하하. 과연 너는 역시 형님의 자식이구나."

"무슨 말씀이죠?"

"아니. 타고난 거만함이랄까? 천성이 군주라는 뜻이다."

군주와는 거리가 먼 히데아키에게 이 말은 고도의 빈정거림 말고는 아무것도 아니었다.

"그렇다면 같은 피를 나눈 숙부님도 그러시겠죠."

"아니, 난 다르다."

히데노부는 웃으면서 고개를 젓더니, 어딘가 쓸쓸한 눈빛을 하고는 먼 곳을 바라보았다.

"그래서 난 형님에게 동경 ……질투를 품어 왔던 거야."

"숙부님……."

히데아키는 먼 기억 속에 있는 아버지, 히데이에의 모습을 떠올렸다.

히데이에는 단정하다고는 할 수 없어도 매력적인 외모를 가진 미남자라 불리는 얼굴이었던 것 같다.

── 히데아키, 넌 귀여운 얼굴을 하고 있구나. 나와도, 오후쿠와도 별로 닮지 않았어. 타고난 미모이긴 하지만, 네 눈에서는 뭔가 무서운 영리함도 느껴지는구나.

히데이에는 아직 어린 아들을 안은 채 그렇게 말하며 웃었다. 종종 가신들을 겁먹게 하기도 하는 그의 동물적 직감으로 히데아키의 요기를 간파했을 것이다.

히데아키가 유일한 정실의 자식인데도, 그 기괴한 버릇이 발각되기 전부터 아버지는 그다지 애정을 갖고 있지 않았던 듯한 기분이 들었다. 그 품에 안긴 것도 몇 번뿐이었다.

이가 나고부터는 유모의 젖을 깨물게 되는 바람에 다들 히데아키를 안으려 하지 않게 되었다. 그리고 천진난만한 아들이 처마 끝에서 죽은 새의 피를 빠는 모습을 본 친모 오후쿠는 정신을 잃었다고 한다.

그 이후로 히데아키가 어머니의 얼굴을 보는 일은 없어졌다. 이윽고 아버지도 얼굴을 보이지 않게 됐다.

정신을 차려 보니 이곳에 혼자서 몇 명의 신하를 옆에 두고 지내는 적적한 나날을 보내고 있었다.

히데아키는 아버지도 어머니도 그립다는 생각을 한 적은 없지만, 맨 처음에 그 불손한 용모가 아버지를 닮았다고 생각했던 신자부로를 지금은 이렇게나 원하고 있는 걸 보니, 아마 마음속에서는 적잖이 동경을 품고 있었을 것이다.

"숙부님도 훌륭하신 분인데 어째서 질투 같은 걸……."

"하하하. 그렇게 말해주면 고맙지만, 역시 사람에게는 그릇이라는 게 있거든. 난 형님한테는 당해 낼 수 없다고 항상 생각했지."

그렇다면 왜 지금 또다시 모반을 일으키는 것인가? 이기지 못할 거라 생각하면서도 시작해야만 하는 싸움인 건가?

모순된다는 생각이 들었지만, 사람이란 모름지기 모순된 법. 히데아키는 그런 식으로 마음속에서 정리해버렸다. 무엇보다 이 전국시대에서 일어나는 싸움의 이유를 일일이 생각하고 있다가는 결론이 나지 않는다.

'시대 그 자체가 피에 굶주려 있는 거야.'

그렇다, 이 히데아키라는 귀신 잉태하고 말 정도로.

히데노부가 돌아간 후, 히데아키는 사방침에 기대어 생각에 잠겼다.

'그렇게나 아버님을 돕고 싶다고…… 아버님의 밑에서 이 가문을 일으켜 세우고, 천하를 손에 넣겠다고 했던 그 남자가 숙부님에게 붙을 줄이야.'

게다가 그 조건이 히데아키인 것이다.

우직하리만치 올곧았던 그 남자가 일그러지고 만 것을 슬퍼하는 마음과 그렇게까지 할 만큼 자신을 원한다는 기쁨이 동시에 존재했다.

'변하려면 변하는구나…….'

그 남자만큼 자신의 심경 변화에 순종적인 사람도 없을 것이다. 보통 좀 더 갈등해도 될 것 같은데, 나쁜 건 나쁘다, 좋은 건 좋다, 그렇게 그때마다 확실하게 흑백을 가려버리고, 설령 그게 완전히 뒤집힌다 하더라도 의문으로 여기지 않는 남자였다.

'그나저나 또다시 모반이 일어나다니……. 여기까지 와서 집안싸움이라.'

일찍이 승계 다툼으로 형제가 갈라섰을 때, 오래된 신하 대부분은 동생인 히데노부를 따랐다. 그 당시에는 후지요시 가문도 대가 바뀌어서 불안정했고, 아직 주위에 커다란 위협 또한 많았기에 얼간이라 불렸던 장남인 히데이에가 대를 물려받으면 후지요시 가문이 위험할 거라 여긴 자도 많았을 것이다. 반대로 성실한 기질과 총명함을 갖춘 히데노부는 중신들에게 높은 평가를 받고 있었다.

하지만 히데이에는 전쟁에 관해서는 천재적인 데다 정치에도 혁신적이어서, 일찍이 히데노부를 지지하던 오래된 신하들 중에도 지금은 히데이에에게 심취해 있는 자가 많다고 들었다.

그런 상황에서 모반을 일으킨들, 따라와 줄 자가 얼마나 있을까?

'불가에 깊이 귀의한 자라면 숙부님을 따르겠지. 아버님의 방식이 너무나도 가혹한 탓에 지금 역풍이 불어오고 있는 건 사실이야. 하지만 그렇게 하지 않으면 이 난세를 살아남을 수 없어.'

히데아키는 불현듯 생각에 잠겨 있는 자신을 깨닫고는 사고를 멈췄다. 아무리 자신이 모반의 행방을 생각한들 별수 없는 일이다.

단, 히데노부가 모반에 성공하면 신자부로를 얻을 수 있게 된다. 그것만은 큰 매력이었다.

반대로 실패하고 만다면 신자부로와의 영원한 작별을 뜻하는 것일지도 모른다. 그렇게 되는 것만은 생각하고 싶지 않았다.

그러나 히데아키의 머릿속에서 이미 결과를 알고 있는 듯한 기분이 들었다.

'신자부로……, 어리석은 녀석.'

냉정한 판단도 하지 못할 만큼 궁지에 몰려 있던 걸까? 아니, 그 남자에게 앞날을 생각할 머리는 없었다. 항상 눈앞의 일에만 마음이 움직이는 야수였다.

벌써 며칠이나 안기지 못한 걸까? 여태까지 빗발처럼 내리쏟아지던 것이 갑자기 사라져버리자, 히데아키는 눈 깜짝할 사이에 아사 상태에 빠졌다.

밤마다 꿈을 꿨다.

그것도 현실과는 다른 가지각색의 세계가 등장하는 꿈이었다.

어떤 때는 히데아키가 유녀, 신자부로는 중이었다. 또 어떤 때는 히데아키가 상인의 아들, 신자부로는 단골손님이었다.

그러나 그 어떤 신분, 경우에 차이가 있어도 두 사람은 빨리듯이 서로를 끌어당기고, 관계를 갖게 되어버리는 것이었다.

어제 꾼 꿈에서는 히데아키와 신자부로의 신분이 뒤바뀌어 있었다. 신자부로가 당주의 정실 자식이고, 히데아키가 그를 섬기는 무사였다. 단 신자부로는 건강한 그대로였으며, 기대받는 차기 당주로서 인망을 모으던 점이 실제 히데아키와 달랐다.

하지만 히데아키가 만약 그렇게 모두에게 인정받으며 나름대로 권력을 가지고 있었다면 지금도 신자부로를 곁에서 가까이 둘 수 있었을 거라 생각하자, 자신의 처지에 아무런 관심도 없던 히데아키도 분한 마음이 들었다.

'아아, 그 피를…… 그 정액을 빨리 맛보고 싶다.'

그 늠름한 팔에 안기고 싶다. 쇠할 줄 모르는 무쌍한 물건으로 꿰뚫리고 싶다. 이 몸을 거칠게 뒤흔들어 주었으면 좋겠다. 이성을 내팽개친 짐승처럼 난폭하게 다루어 주었으면 좋겠다. 말로 농락하고, 일부러 화나게 해서 음란한 벌을 받고 싶다. 자신보다 갑절이나 나가는 무게를 가진 몸으로 괴롭혀 주었으면 좋겠다.

그 모든 것이 허락된 그 후, 이번에는 히데아키가 채찍을 휘두른다. 그 탄탄한 갈색 피부를 실컷 때리고 싶다. 그 거한의 음경을 묶은 다음, 그 위에서 마음껏 허리를 흔들고 싶다. 아아, 그렇게 하면 그 녀석은 울까? 절정에 달하게 해달라고 애원할까? 그 모습을 상상하는 것만으로도 히데아키의 호흡이 흐트러졌다.

히데아키는 손톱을 물고는 상상에 잠겼다. 그 느낌을, 그 맛을 떠올리는 것만으로도 이미 쉽게 쾌락에 물드는 몸이 되었다.

'혼자서, 해볼까?'

문득 그런 생각이 들어 하카마 자락으로 손을 스윽 넣었다.

그러나 지금까지 혼자서 만진 적이 없는 몸이었기에, 살짝 만져보고 주물거리며 자극을 주어봤지만 전혀 아무것도 느껴지지 않았다.

뒤로는 어떨지 손가락을 움직여봤지만, 역시 이쪽도 마찬가지로 쾌감을 느끼지 못했다. 혼자서 무슨 짓을 하는가 싶어서 도리어 웃음이 치밀어 오르고 말았다.

자신을 위로하는 행위는 평범한 일이라고 책을 통해 알고는 있어도, 역시 자신에겐 해당되지 않는 것 같았다. ── 설령 그곳의 쾌락을 아는 몸이라 하더라도.

역시 그 남자가 아니면 안 된다.

그렇게 강하게 생각하면 할수록 신자부로의 존재를 크게 느꼈다.

'어느새 이렇게 마음에 품게 된 것일까?'

언제부터 그 남자의 존재가 이 정도까지 히데아키의 마음을 차지하게 되고 만 걸까? 알 수 없을 만큼 먼 옛날 일 같았지만, 두 사람이 만난 것은 벚꽃이 만개한 봄이었고 아직 그다지 시간이 지나지 않았다. 그런데도 그가 이렇게나 사랑스럽고 그에게 의존하고 있다.

'아아, 신자부로……. 어서…….'

어서 날 데리고 도망쳐줘. 아무에게도 방해받지 않고 단둘이서 있을 수 있는 이 세상의 끝으로.

아니면 내가 그 남자를 납치하러 갈까? 그리고 둘이서 세상의 끝까지라도 가버리는 거야.

이 세상의 끝으로. 밤의 세계로.

그래, 햇빛이 닿지 않는 곳이라면 분명히 아무에게도 발견되지 않고 사랑을 나눌 수 있을 거야. 단둘이서 언제까지고 서로 사랑할 수 있을 거야.

그렇게 생각하자, 히데아키의 뺨에 희미한 미소가 떠올랐다.

히데아키는 그곳에 도달하는 길을 알고 있을 것이다. 왜냐하면 히데아키 본인이 밤을 살고 있으니까.

그건 너무나도 감미롭고, 상상으로 끝내기엔 너무나도 반짝이는 꿈이었다.

꿈 같은 달밤

성채 앞에서 격렬한 백병전이 반복되고 있었다.

“히야아압!!”

신자부로는 짐승 같은 함성과 함께 적의 병사들에게 덤벼들었고, 갑옷을 입은 적의 몸통을 힘차게 베었다. 반동의 힘으로 등뒤에 가까이 다가온 적의 팔을 떨었뜨렸으며 자신 앞에 쑥 내밀어진 창을 튕겨서 그대로 파고들어 창병의 가슴을 꿰뚫은 후, 상대의 몸과 함께 진흙 속으로 쿵 넘어졌다.

‘질 수 없다. 나는 질 수 없다!’

신자부로에게는 반드시 이겨야만 하는 동기가 있었다. 청년은 그것을 위해서라면 몇백 명이나 되는 시체의 산을 쌓아도 상관없다며 수라장의 길을 걷겠다는 결의를 한 것이다.

신자부로는 짐승처럼 민첩하게 벌떡 일어나더니, 피에 굶주린 악귀와 같이 적을 향해 달려들었다. 설령 아군이라도 눈앞에 있으면 베어 쓰러뜨릴 것 같은 광기가 그 얼굴에 가득한 나머지, 모두가 벌벌 떨며 옆으로 다가가지도 못하는 꼴이었다.

히데노부는 척후병이 전하는 신자부로의 무시무시한 대전 모습에 만족하며 기분 좋게 고개를 끄덕였다. 그러나 예전의 신자부로를 아는 자는 모두 그 변모에 섬뜩함을 느끼고 있었다.

"그 남자, 면상이 확 변했더군. 무슨 일이 있었나?"

"귀신에 씌였어. 외곽 저택의 요괴한테 말이지."

본진에서 히데노부의 주변 시중을 드는 자 중에 쇼아미가 있었다. 히데이에가 총애하는 다방주인 쇼아미가 히데노부에게 가담한 데에 놀란 자도 많았지만, 신자부로에게는 딱히 의외도 아니었다. 형세에 따라 아무렇지도 않게 주군을 배반하는 남자임을 알고 있었기 때문이다.

"정말로 소인에게 히데아키 님을 주시는 겁니까?"

그렇게 반복하여 묻는 신자부로의 얼굴은 소문처럼 귀신에 씌였다고 해도 이상하지 않은 이상한 모양새였다.

신자부로는 히데아키와 떨어지게 되고 나서부터 원래 솔직한 남자였던 만큼 지독하게 고통스러워했으며, 채워지지 않는 욕구에 몸부림치며 뒹구는 바람에 병에 걸린 건 아닐까 하고 주변 사람들을 다급하게 만들었다. 그만큼 신자부로는 고뇌의 나날을 보내고 있었다.

병을 앓아 쇠약해진 것처럼 뺨이 야위었고, 눈은 굶주린 짐승처럼 번뜩거리며 당장이라도 귀신으로 변하지 않을까 여겨질 정도로 탁한 살기를 발하며, 일찍이 야망을 품었던 발랄한 청년의 얼굴은 지난날의 자취를 찾아볼 수 없을 정도로 처참했다.

그 귀기가 감도는 신자부로와 안방에서 직접 상대하고 있는 사람은 히데노부였다.

중머리를 한 히데노부는 궁지에 몰린 짐승 같은 모습의 청년을 보고 불쌍히 여기듯 미소 지었다.

"정말이다. 처음에 그대에게 그 희망을 들었을 땐 깜짝 놀랐지만 말이다. 히데아키 본인도 만나고 왔지. 그 녀석도 그걸 바라고 있었다네."

"히데아키 님을 만나셨습니까!"

히데아키의 이름을 부르는 것만으로도 청년의 눈동자에 빛이 감돌았고, 칙칙한 뺨에 생기가 돌아왔다.

"별고 없으십니까?"

"그래, 건강하더군. 내가 마지막으로 만난 게 벌써 몇 년이나 전이라서 뭐라 말할 수는 없지만, 옛날보다 훨씬 튼튼해 보였다네."

신자부로는 그 말을 듣고 안도했다. 하지만 동시에 무거운 불안이 흑칠하듯 마음을 어둠색으로 흠뻑 물들여 갔다.

'설마 새로운 신하와 맺어졌을 리는 없겠지.'

곁에 있어도 히데아키 본인의 말을 듣지 않으면 안심하지 못했던 신자부로였다. 더욱이 지금 상황에서는 의심이 의심을 낳을 뿐이다.

그 탐욕스러운 도련님이 참지 못하고 가까이에 있는 자로 해결해버릴 가능성도 있지 않은가. 그 불안감을 떨칠 수 없었다.

신자부로 본인은 이미 히데아키 이외의 사람은 생각할 수 없었다. 그가 아닌 사람에게는 완전히 쓸모없는 인간이 되어버리고 말았다.

시험해본 건 아니지만, 머리에 떠오르는 건 요염하게 아름다운 히데아키의 모습뿐. 꿈에 나오는 것도 히데아키와의 정사뿐이었다.

'그분은 그야말로 요괴와 같았어. 난 매료되고, 무아지경이 되어 이제 그분 없이는 살 수 없어.'

지금까지 안아 왔던 여자들의 얼굴을 떠올리려 해도 무리였다. 눈꺼풀 아래에 떠오르는 것은 도련님뿐. 그 음란하게 젖은 어둠의 눈동자, 쾌락에 상기된 둥그런 뺨, 비단처럼 부드러운 하얀 살갗, 꽉 조이는 엉덩이 안의 뭐라 형용할 수 없는 감각…….

그리고 피를 빨릴 때의 쾌락은 필설로는 다할 수 없었다.

'피를 빨리는 행위는 처음이지만……, 보통 그런 쾌감을 느낄 리가 없어.'

처음으로 도련님에게 뺨의 상처를, 그리고 화살을 맞은 가슴의 상처를 빨리던 그 순간에 하복부가 확 팽창하며 발기하는 것을 느꼈을 정도이다.

일찍이 히데아키를 안는 꿈을 꿨던 때도 신자부로는 피를 빨리고 있었다. 그야말로 그때 느낀 것과 같은 쾌락을 실제로 빨렸을 때도 받았다.

'그런 쾌락은 달리 없을 거야. 뭔가 머릿속이 뿌예지면서 짜릿짜릿 저리는데도 음경에만 피가 도는 것 같은 기묘한 느낌이었어.'

신자부로는 일단 히데아키에게 피를 빨리면 끝이 없는 욕망에 타들어 갔다. 아무리 절정에 달해도 끝나지 않아서 마치 끝없는 정액이 음낭에 치밀어 오르는 듯, 불에 그을리는 듯한 어마어마한 충동에 부딪혔다.

그건 그렇다 치더라도, 제 나이 같지 않은 소년 같은 그 가냘픈 몸으로 잘도 이 거구를 받아들였다는 생각이 들었다. 마음으로는 애처롭다고 생각하는데도 야만스러운 성욕에 사로잡힌 신자부로는 사나운 말처럼 멈추지 못했다. 이유도 없이 무리한 짓을 하고 싶어지거나, 그 반대로 전처럼 방약무인한 공세를 받고 싶다는 생각이 들거나 하는 등, 여러 종류의 성욕이 정신없이 솟아나는 바람에 막을 방법을 몰랐다.

신자부로는 그 나날을 되찾을 수만 있다면 무슨 짓이든 할 심산이었다. 히데노부를 따르겠다고 결심한 후, 매달리는 부모를 뿌리치고 집을 나왔다.

어리석다고 생각했다. 한심스럽다고 생각했다.

하지만 신자부로는 앞만 보는 남자였다. 몇 명이 된다 할지라도 누구도 자신의 욕망을 막을 수는 없었다. 그렇게 굳게 결의하고, 모든 것을 미련 없이 버릴 각오였다.

그렇다, 히데이에를 천하를 얻을 그릇을 가진 자로 여기고 유일무이한 군주로 우러러보며, 그의 천하 제패를 돕기 위해서라면 버림돌이든 뭐든 될 각오로 있던 그 시절.

병약하고 거만한 도련님이라는 소문이 돌았던 히데아키의 밑에서 일하라고 명받았을 때도 신자부로의 마음은 자존심에 상처를 입어 풀 길이 없는 분노밖에 없었다. 그게 어디서 어떻게 잘못되어 이렇게까지 변모하고 만 걸까?

'하지만 난 후회하지 않아. 내 칼은 그분을 손에 넣기 위해 있는 것이다. 그리고 그분을 지키기 위해 있는 것이야.'

히데아키를 위해 사자분신의 기세로 싸울 수 있으며 자신을 속이고 전쟁터에 나간다면 칼끝이 둔해져서 그야말로 여지없이 죽임을 당하고 말 것이다.

그런 최후는 딱 질색이었다. 죽는다면 히데아키를 위해 죽고 싶었다. 그리고 지금은 아직 그 단계가 아니었다.

* * *

신자부로는 밤마다 이상한 꿈을 꾸었다. 그건 모반의 싸움을 시작한 날에도 마찬가지였다.

"이 녀석은 주인에게 반항한 죄인이다! 어서 잡아라!"

이 대사는 일찍이 신자부로가 히데아키를 섬기기 시작하고 처음 있었던 연회에서 히데아키가 흐드러지게 핀 벚꽃을 등지고 신자부로에게 내뱉은 말이었다.

그러나 꿈속에서는 그 말이 신자부로의 입에서 나왔다. 그리고 남자들이 달려든 건 안타깝게도 가냘픈 히데아키를 향해서였다.

"이 건방진 녀석. 어떻게 해줄까?"

"도련님, 부디 용서해 주시옵소서."

눈물을 머금고 반짝이는 커다란 눈동자가 아름다웠다. 신자부로는 히데아키의 가녀린 몸이 꽁꽁 묶인 애처로운 모습에 침을 삼켰다.

신자부로는 원래 그런 경향은 있었지만, 걸핏하면 폭력적인 충동에 사로잡히는 남자였다. 여자들에게 손을 올리는 일은 없었지만, 적의 병사나 자신보다도 연장자인 불손한 남자일 경우에는 눈앞이 새빨개질 정도로 발작을 일으킬 때도 있었다. 가령 그게 자신의 무게보다 절반 정도 되는 소년이라 할지라도.

그때도 신자부로는 흉포한 충동을 필사적으로 억누르고 있었다. 다른 신하들이 덤벼들고, 히데아키가 얼굴에 만주를 찌부러뜨리고 뒤범벅으로 만든 그 굴욕. 그러나 그 후에 그 찌부러진 만주를 남김없이 먹어버린 히데아키의 기행으로 인해 분노는 묘하게 시들어 사라지고 말았지만.

"그대는 이 나를 섬기는 신분이다. 그걸 먼저 알게 해줘야 될 것 같아서 말이야."

이 대사도 히데아키가 한 말이다. 하지만 역시 그 말을 입 밖에 내는 사람도 신자부로였다.

그러나 신자부로는 만주 같은 건 쓰지 않는다. 말 흉내를 내게 한 다음 등에 올라타지도 않는다.

단지 묶인 채 있는 히데아키의 옷을 벗겨 내고는, 열정(劣情)에 사로잡혀 그 살갗을 물고 늘어졌다.

"앗, 아아! 도련님, 용서해 주십시오!"

"가만히 있어. 날 거역하지 마라."

현실의 신자부로가 히데아키를 향해 이런 난폭한 말을 내뱉을 리가 없었다.

단, 히데아키를 만나지 못하는 날이 이어지는 사이에 점차 꿈마저 일그러지기 시작하였고, 신자부로는 온갖 무대에서 히데아키를 범하려 했다.

신자부로는 묶인 채 포동포동하게 튀어나온 분홍빛 젖꼭지를 집요하게 빨았다. 히데아키는 "그만하시옵소서, 용서하소서." 하고 흐느껴 울기만 할 뿐, 저항도 하지 못하고 신자부로에게 깔려 있었다.

히데아키의 아담한 젖꼭지는 점차 푹 부풀었고, 응어리진 선단에서 달콤한 즙이 배어나기 시작했다. 신자부로는 무아지경이 되어 그 즙을 빨면서 가랑이 사이에 있는 사랑스러운 수술을 조물조물 주물러 댔다.

"히데아키, 그대의 이곳은 작구나. 나와 같은 남자라고는 여겨지지 않을 정도다."

"아아, 제발 용서해 주시옵소서."

눈물을 흘리는 어린 뺨이 귀여웠다. 신자부로에게 히데아키의 눈물은 흥분을 부채질하는 미약일 뿐이었다.

신자부로는 점점 사납게 날뛰며 욕망에 따라 그 수술을 입에 머금었다. 아직 부드러웠던 그곳은 조금씩 심지를 지니며 남자를 기쁘게 했다.

“작은 주제에 건방지게 딱딱해졌구나. 히데아키, 너의 정액도 남들처럼 나오려나?”

천한 웃음을 지으며 묻는 모습은 정말로 야릇했지만, 히데아키의 맛에 무아지경이 된 남자는 그 추악함마저 깨닫지 못했다.

‘그래……, 난 추악해. 이분을 원하고, 너무 원하는 나머지 참으로 어리석은 행동을 하려 하고 있어.’

꿈속인데도 불구하고, 신자부로의 의지는 그곳에 존재했다.

삼류 연극 같은 광경을 바라보면서 자신의 욕망을 행동으로 표현하는 것 같은 내용에 넌더리가 났다.

“아, 아아……!”

히데아키는 하얀 몸을 팔팔하게 튕기며 신자부로의 입안에 정액을 내보냈다. 신자부로는 자신의 다리 사이를 크게 부풀린 채 그것을 다 마시고 황홀해 했다.

정액이 목구멍을 타고 내려가는 감촉을 즐기며 황홀하게 맛보자 어느새 눈앞이 어두워졌다.

“신자부로, 맛있었느냐?”

히데아키는 어느샌가 끈을 풀고 신자부로의 앞에 서 있었으며, 어째선지 신자부로는 몸이 묶인 채 땅에 넙죽 엎드려 있었다.

"자, 이번에는 내 차례다."

'아아……, 히데아키 님.'

거만한 목소리가 머리 위에서 울렸다. 그 눈은 이제부터 어떻게 신자부로를 괴롭혀줄지 흥분에 반짝반짝 빛나고 있었다.

그렇다, 그 교만한 눈빛. 아이처럼 순수한 마음을 지녔으며, 남들 이상으로 영리하고, 모든 것을 체념한 불우한 주군의 아들.

'보고 싶다……. 꿈이 아닌 진짜 당신을.'

그렇게 강하게 바라면 꿈에서 깼다.

하지만 그곳에 히데아키는 없었다. 그저 허무한 꿈의 잔상이 몸 깊은 곳에 가라앉아 있을 뿐이었다.

보고 싶으니까 꿈을 꾼다. 꿈을 꾸면 그리움이 한층 더 쌓인다.

히데아키와 헤어지고 난 후로 신자부로의 나날은 그 악순환이 반복되었다. 그 고뇌가 남자의 얼굴을 바꿨다. 남들은 신자부로가 미쳤다고 말했고, 역시 외곽 저택의 도련님은 —— 하고 우스운 소문을 냈다. 그게 더욱더 그곳에서 사람을 멀어지게 만들고, 히데아키의 고독을 깊어지게 했다..

'히데아키 님…….'

밤마다 신자부로의 마음은 깊어져 갔다.

*　　*　　*

"너, 그 도련님한테 완전히 빠졌다더군."

히데노부를 필두로 한 군 회의가 끝난 후, 쇼아미가 이상한 미소를 지으며 속삭였다.

신자부로는 눈을 번뜩거리며 노려봤지만, 그것으로 굴복할 남자가 아니었다.

“이런, 업보가 있는 자에게 반했군. 그 도련님, 나도 아주 옛날에 슬쩍 본 적이 있는데, 확실히 아름다웠지. 넌 남색은 하지 않을 거라 생각했는데, 용모가 아름다우면 그만인가 보군.”

“그 더러운 입으로 도련님에 대해서 말하지 마라.”

신자부로는 입술을 일그러뜨렸다.

“난 겉모습만으로 사람에게 반하지 않는다. 네놈 같은 남자는 이해 못하겠지만.”

“그래, 그렇겠지.”

쇼아미는 어깨를 움츠리며 옅은 미소를 지은 채 옆에 있던 남자의 어깨를 끌어안았다.

“하지만 이곳에 있는 남자는 네 마음을 이해하는 것 같더군. 안 그러냐, 요시나오.”

신자부로는 저도 모르게 소리를 지를 뻔했다.

그곳에 있던 남자는 일찍이 짧은 기간이었지만 히데아키의 신하로 일했던 남자 중 하나였다.

“오랜만이군. 신자부로.”

요시나오는 멋쩍은 듯한 표정으로 어색한 미소를 지었다.

“그대는……, 분명 병을 앓아 휴양하지 않았나?”

"그래, 맞네."

요시나오는 갑자기 광기 어린 눈빛을 지으며 저 멀리 시선을 던졌다.

"병……, 그래, 그건 병이었지. 무서운 병이었어."

"이제 좋아졌나?"

"좋아져?"

요시나오의 경련을 일으킬 것 같은 미소를 본 신자부로는 처음으로 이상하게 생각했다. 이자는 정상이 아니었다.

"그 병에 한 번 씌이면 낫질 않아. 자네도 알잖아?"

"그렇다면 병이라는 건……."

"나는 무서워졌네. 사에몬과 마사시게의 사건을 보고."

요시나오는 그 사건의 장면을 떠올렸는지 몸을 바르르 떨었다.

"이대로 있으면 나도 똑같이 될 거야. 두 사람 중 어느 쪽이 될지는 모르지만……, 누군가를 베거나 베이게 되겠지. 그럴까 봐 무척이나 두려웠네."

"자네는 그 정도로……."

그래서 스스로 물러난 건가. 이 남자도 그렇게까지 절박한 상황이었다는 뜻이다. 자칫하면 이 남자가 마사시게를 베었을지도 몰랐던 사건이 되었을 수도 있던 것이다.

"게다가……, 도련님은 자네를 마음에 들어 하셨지."

탁한 눈빛으로 바라보는 탓에 신자부로는 저도 모르게 숨을 삼켰다.

'그때, 히데아키 님이 그런 행동을 보였던가?'

생각나진 않지만, 만약 그런 마음이 있었다 한들 그다지 노골적이진 않았을 터. 하지만 의심이 의심을 낳는 '병'에 걸린 자들은 날카롭게 신경을 곤두세우고 작은 기척도 놓치지 않았을 것이다.

요시나오는 칙칙한 안색에 피로의 그림자를 짙게 새긴 채 고통스럽게 한숨을 내쉬었다.

"그 일도 날 괴롭혔어. 질투와 증오로 어떻게 되어버릴 것 같았지."

"그 말은……, 날 베어버릴 뻔했다는 뜻인가?"

"그래서 그 전에 떠났지."

이 남자에게는 아직 그 직전에 멈출 이성이 남아 있었던 것이다. 그러나 그 남자는 그조차 가지고 있지 않았다.

"사에몬에 대해서는……, 알고 있나?"

"그럼, 물론이지."

요시나오는 한순간 슬픈 눈빛을 띠었다. 신자부로는 그와 사에몬이 얼마나 알고 지낸지는 모르겠지만 예전에는 친구로서 사이좋게 지냈던 걸까?

"자네가 그 녀석을 처벌했나?"

신자부로는 말없이 고개를 끄덕였다.

"역시 그랬군."

요시나오는 얄궂은 웃음을 지을 뿐이었다.

"어리석은 남자야. 하지만 웃고 있을 수만도 없지. 남 일이 아니니까."

요시나오는 갑자기 이야기를 끝내더니 “실례.”라고 말하며 신자부로에게 등을 돌렸다. 신자부로도 무리하게 쫓진 않았다. 어째서 히데노부 쪽에 가담했는지 등 더 묻고 싶은 것도 있었지만, 이야기를 길게 계속 나눌 만큼 스스럼없는 사이도 아니었다.

“넌 유일하게 성공한 것 같군, 신자부로.”

두 사람의 대화를 계속 듣고 있었는지, 쇼아미가 말참견을 했다. 이 남자의 존재를 완전히 잊고 있었던 신자부로는 갑자기 귀에 거슬리는 목소리가 들려 수상쩍은 시선을 보냈다.

“조심해. 정신을 차려 보니 뒤에서……. 그런 일이 있을지도 모르니까.”

“그런 일은 네놈이야말로 어지간히 신경 쓰는 편이 좋겠는데?”

신자부로는 잘난 체하는 말투로 충고의 말을 속삭이는 쇼아미에게 일부러 위협적인 태도를 보였다. 그러자 쇼아미는 금세 평소처럼 아부 떨듯 상대의 안색을 살피는 징그러운 미소를 지으며 허둥지둥 자리를 떴다.

‘그건 그렇고, 요시나오……. 그랬던 거군.’

그 세 사람 중에서는 냉정했던 것처럼 보였지만, 그렇게나 궁지에 몰려 있었을 줄이야.

쇼아미의 충고에 따를 생각은 아니지만, 만약 신자부로와 히데아키의 관계를 요시나오가 알게 되었다면 역시 주의해야 할지도 모른다.

모두 다 히데아키에게 미치고 말았다. 남자들은 모두 빠짐없이 파멸의 길로 떨어져 갔다. 어째서일까?

외모가 아름답기 때문일까? 물론 그런 이유도 있을 것이다. 하지만 역시 설명할 수 없는 외곽 저택의 폐쇄적인 밤공기가 남자들을 현혹시키고 있는 건 아닐까? 매일 밤 있던 악몽 같은 그 연회가 제정신을 빼앗아 가는 걸까?

쇼아미의 야유에 반론했던 것처럼 신자부로는 사실 외모로 좋고 싫음을 따진 적은 없었다. 히데아키 정도 되는 미모에 처음에는 압도됐지만, 그래도 처음에 품고 있던 비웃던 감정이 사라지진 않았다.

여자도 마찬가지였다. 여자라고 해도 평범한 여자는 아니지만, 신자부로는 고운 마음씨와 궁합으로 상대를 골랐다.

'그러고 보니……, 난 여태까지 다른 사람에게 반한 적이 없었을지도 몰라.'

인물에게 반한다는 뜻에서는 군주인 히데이에에게 심취해 있었다.

그 모진 성품과 혁신적인 두뇌, 전쟁의 천재인 그 수법도 모두 신자부로가 무사의 이상으로 여기던 것이었다.

그러나 애욕 상대로는 그렇게까지 반했던 여자는 존재하지 않았다. 길게 관계를 이어 왔던 유녀는 있었지만, 그건 정이었다. 히데아키를 애욕 상대로 느끼는, 불에 타는 듯한 세찬 감정은 여태까지 느껴본 적이 없었다.

그러나 이 감정을 사랑이라고 해도 좋을까?

히데아키에게 품고 있는 이 마음은 그런 달콤하고 부드러운 것이 아니라, 좀 더 본능적이고 원시적이라는 생각이 들었다.

'그건 그렇고, 쇼아미는 어째서 히데노부 님 편에 붙은 걸까?'

다방주라고는 해도 승려는 아니다. 그저 머리를 싹 밀고 칼을 소지하지 않고 있을 뿐인 버젓한 무사다.

실제로 쇼아미는 후지요시 가문에 태어난 히데이에, 히데노부와는 먼 친척인 핏줄이었다. 불가 탄압 등이 이유가 아니라 뭔가 다른 요소를 보고 히데노부에게 이길 기회가 있다고 짐작해서 이쪽으로 달려왔을 터.

쇼아미 외에도 히데이에의 측근으로 보이는 자나 히데이에에게 은혜를 입은 가문 사람이 적잖이 보였다. 다들 무슨 불만이나 생각을 가지고 있을 테지만, 천하에 그 이름을 떨치기 시작한 후지요시 가문의 내부가 이렇게나 약하다면 다른 나라의 영주가 파고들 틈을 주고 있는 것이나 다름없다. 어쩌면 그에 관련된 음모 또한 얽혀 있을지도 모른다.

하지만 적어도 그건 신자부로와는 상관없는 일이었다.

신자부로는 눈앞에 일만 볼 수 있을 뿐, 멀리 내다 볼 수 없었다.

걸핏하면 히데아키한테서 "그대는 짐승 같은 남자구나."라는 말을 들었지만, 스스로도 그 말대로라고 생각했다. 그리고 그 점을 부끄러워하지 않는 게 짐승인 이유일 것이다.

신자부로의 탁한 눈으로 봐도 히데노부가 히데이에보다 우수한 군주의 그릇을 가지고 있다고는 생각되지 않았다. 이 난세를 살아

남기에는 너무나도 평범했다.

하지만 전쟁의 승패는 그것만으로 정해지는 게 아니다. 설사 히데노부가 승리하고, 그로 인해 장차 후지요시 가문이 기울게 된다 하더라도 신자부로가 나아갈 길에 변화는 없었다.

이 상태로 있다간 히데아키를 보는 것마저도 허락되지 않을 것이다 —— 그런 상황을 감수할 수는 없었다.

전쟁은 불리한 상황이 이어지고 있었다.

처음에는 신자부로가 분투한 덕에 히데이에의 본진에 접근할 정도로 상대를 궁지에 몰아넣었지만, 히데이에의 측근인 정예 무사들이 역공에 나서 이쪽의 이름난 무장들을 치면서 사기를 꺾었다.

더불어 히데이에 본인의 등장도 병사들을 겁먹게 만들었다.

"이 몸을 배반한 어리석은 자들이여!! 부끄러운 줄 알아라!!"

천둥 소리가 울리는 듯한 가열한 당주의 커다란 목소리가 울려 퍼지자, 원래 히데이에를 섬기던 무사들이 두려움에 떨며 금세 전의를 상실하여 서로 앞다투어 후퇴하고 말았다.

그것을 계기로 형세가 변했다. 되살아난 히데이에의 병사들은 기세가 올라 총대장을 필두로 용맹스럽게 공격하기 시작했다.

수많은 병사가 죽임을 당했으며, 압도된 히데노부의 군세(軍勢)는 허무하게 패배했다.

일찍이 미노노쿠니의 대부분을 통치하던 선대가 지었던, 히데노부가 태어난 성에 틀어박힌 채 남은 자들끼리 군사 회의를 열었다.

철저 항전과 항복을 주장하는 두 파로 갈라져 한창 기탄없이 논의하던 중, 자리에서 스윽 일어나는 자가 있었다.

쇼아미였다.

"나는 영주님께 용서를 빌러 가겠네."

"쇼아미, 제정신인가?"

모두가 술렁거렸다.

"오랫동안 영주님을 섬긴 이 쇼아미가 항복한다면 설마 버리시진 않겠지. 남북조 시대의 동란에는 이 정도로 적과 아군을 왔다 갔다 하는 건 쌔고 쌘 일이었어. 조금쯤이야 문책을 받아도 전혀 상관없네. 흙으로 만든 배에 타고 있는 것보다는 나으니까."

"쇼아미!"

쇼아미는 막말을 내뱉고는 성을 떠났다.

"저 자식, 본인이 바사라[10]에 고취됐던 사사키 도요[11]라도 된다는 거야?"

"똑같은 건 중머리뿐이네. 한때 권세를 뽐내던 도요가 되려면 아직 멀었지."

---

10 바사라: 일본 남북조 시대의 사회 풍조와 유행했던 문화를 통틀어 나타내는 말. 권위를 비웃으며, 화려함과 풍류를 즐기는 미의식이자, 전국 시대 하극상 풍조의 맹아가 됨.
11 사사키 도요: 일본 남북조 시대에 활약한 무장. 고다이고 천황을 따랐으나, 새로운 신정이 시작되자 천황을 배반함.

"쇼아미 그 녀석은 뜨내기 같은 놈이야. 근성이 있을 거라 생각하는 게 바보지."

다들 떠나간 쇼아미에게 욕을 퍼부었다. 원래 사람들이 좋아하지 않는 남자였다. 신자부로는 말없이 돌아가는 형세를 지켜보고 있었다. 쇼아미 같은 자 따윈 신자부로에게는 있으나 없으나 마찬가지였다.

하지만 쇼아미처럼 승산이 없음을 알아채자 적에게 돌아서는 자가 잇따랐다.

무로마치 때부터 이어진 동란의 시대. 위아래도 없고, 선악도 없었다. 이 시대의 법은 강한 자에게 붙는 자가 살아남는다, 단지 그뿐이었다. 시대의 흐름을 읽고, 그때그때의 상황에 따라 모습을 바꾸는 그 임기응변과 재주를 가진 자가 아니면 쇠퇴의 길만 있을 뿐이다.

"신자부로, 자네는 도망치지 않는가?"

신자부로는 히데노부의 질문에 시원스럽게 고개를 저었다.

"도망치지 않습니다. 소인의 바람을 알고 계시잖습니까."

"그래. 하지만……, 그것도 들어줄 수가 없을 것 같구나."

패배의 절망이 이미 히데노부의 얼굴에 그림자를 드리우고 있었다.

신자부로는 어디까지나 철저 항전 쪽이었다. 이기지 않으면 의미가 없었다. 항복 같은 건 당치도 않았다. 하지만 가신들은 사방으로 교섭을 벌여 히데노부를 구명해달라고 요청하자는 방향으로 거의 기운 상태였다. 그러나 신자부로는 그에 따르지 않았다.

그때, 한 병사가 다가와서 히데노부에게 귓속말을 했다. 귓속말을 들은 히데노부는 무거운 한숨을 휴우 내쉬었다.

“쇼아미가 칼에 베였다고 한다.”

신자부로조차 잠시 말을 잃었다. 이어서 웃음이 치밀어 올랐다. 그런 막말을 뱉고 떠났지만 결국 칼에 베이다니. 꼴사나운 데도 정도가 있다.

하지만 이 소식이 히데노부의 마음을 정하는 계기가 된 것 같았다.

“형님은 전에 한 번 배신한 나를 용서하셨다. 하지만 지금의 형님은 이미 그럴 마음은 전혀 없으실 거다. 이제 여기까지다.”

“나리, 그러면…….”

히데노부는 무겁게 고개를 끄덕였다.

“난 항전도, 항복도 하지 않겠다. 여기서 할복하겠다.”

* * *

이윽고 성에 불이 지펴졌다.

남은 무장들은 자결했다. 신자부로는 히데노부의 목을 치고, 불티가 날리며 활활 타오르는 성내에 홀로 꼼짝 않고 서 있었다.

“결국 헛된 꿈이었던 건가.”

멍하니 중얼거리자, 마른 미소가 뺨에 떠올랐다.

히데아키로 인해 인생을 망치고 파멸됐다고는 생각하지 않았다. 그저 자신이 진 것뿐이다.

무사가 지는 건 곧 죽음을 뜻한다. 또한 그 삶도 어떻게 죽느냐에 따라 달라질 것이다.

"이제 여기까지다."

신자부로는 마룻바닥에 털썩 주저앉아 낭도를 빼 들었다.

꼴사납게 살아서 수모를 당할 생각도 없었다. 이제 와서 히데이에에게 되돌아가서 목숨을 구제받는다 하더라도, 히데아키를 손에 넣을 수 없는 세상 따윈 죽은 것과 마찬가지였다.

그러나 낭도를 목에 댄 순간, 감은 두 눈에 떠오르는 히데아키의 환영에 정신이 번쩍 들었다.

'그분은 분명히 날 기다리고 계실 거야.'

성 외곽에 있는 어두운 방 안에서 홀로 신자부로를 기다리고 있을 것이다. 물밀듯이 관계를 갖고, 그로부터 이어진 밀월 같은 하루하루. 하지만 그 나날은 갑자기 끝을 알렸고, 도련님은 또다시 고독한 생활로 돌아가고 말았다. 또 혼자서 피의 욕망에 굶주리고, 남의 눈을 의식하면서 근근이 짐승의 피를 마시고 있을 것이다.

그 모습을 떠올리자, 그을음으로 지저분해진 신자부로의 뺨에 눈물이 줄줄 흘렀다.

"죄송……합니다, 도련님……."

억지로 떨어지게 된 그때부터 또다시 히데아키와 만날 날만을 생각하고 있었다. 히데노부가 자신이 제시한 조건을 받아들였을 때, 히데아키도 그렇게 되길 바라고 있다는 사실을 알고는 하늘로 나아갈 것 같은 기분이었다.

그렇다, 히데아키는 신자부로가 데리러 오길 기다리고 있는 것이다. 그런데도 자신은 이 불길에 휩싸인 성안에서 헛되이 죽어 가려 했다.

"히데아키 님……."

아무도 돌아봐 주지 않는 도련님. 총명함을 감추고, 자신의 처지를 한탄하지도 않고 그저 스스로를 귀신이라 부르며 교만한 행동으로 외로움을 애써 숨기는 도련님.

동물의 피를 빠는 기괴한 버릇을 신자부로가 받아들이고 나서부터 어린아이처럼 순종적인 얼굴을 보이게 된 그 순진함과 사랑스러움.

그 도련님이 몸도 마음도 숨김없이 드러낼 수 있는 사람은 이 신자부로뿐이었는데, 지금 자신은 이런 곳에서 도련님을 두고 죽으려 했다.

"용서하세요, 히데아키 님……."

신자부로는 패배했습니다. 패배한 자는 죽을 수밖에 없습니다.

신자부로는 목소리가 닿지 않는 도련님을 향해 호소했다.

"죄송합니다, 죄송합니다. 부디 용서를……."

"뭘 용서해달라는 거지, 신자부로?"

목소리가 들렸다.

환청인 줄 알았던 신자부로였지만, 그 목소리가 너무나도 생생한 나머지 가슴이 두근거렸다.

활활 타오르는 연기 건너편에 사람의 그림자가 보였다.

설마, 그렇게 생각하면서 응시하는 사이에 신자부로의 손에서 낭도가 툭 떨어졌다.

"히데아키 님……."

"신자부로, 용서하지 않을 거다. 지금 그대는 무슨 짓을 하려 했느냐?"

신자부로는 벌떡 일어났다.

젖은 듯한 흑발, 설백색 피부, 빨간 입술에 칠흑 같은 눈동자 —— 그리고 평소보다 훨씬 화려한, 마치 여인이 입을 법한 명주실에 금실을 섞어 짠 현란한 코소데[12].

틀림없이 히데아키 본인이었다.

"살아 있었구나. 이미 다들 자결했다고 들었는데……, 제때 와서 다행이야."

"히, 히데아키 님?! 왜 이곳에……, 아, 아니, 어떻게 불에 타는 성 안으로 들어오신 겁니까!"

"신자부로, 진정해."

당황하는 신자부로를 달래고는, 섬세하고 흰 손가락으로 청년의 울툭불툭한 손을 꽉 잡았다.

"자, 이쪽에 길이 있다."

이끌리는 대로 연기 속을 비틀거리며 나아갔다.

그때, 신자부로의 다리를 덥석 잡는 사람이 있었다.

놀라서 발밑을 보자, 그곳에는 자결한 요시나오가 다 죽어가는

12 코소데: 소매가 넓은 예복 안에 받쳐 입는 정식 복장으로, 기모노의 시초이기도 함.

숨을 할딱이며 신자부로를 올려다보고 있었다. 아직 숨이 붙어 있는 자가 있을 거라고는 생각지 못했던 신자부로는 몹시 놀랐다.

"어디……로, 가는, 건가. 신자부로."

"요……요시나오."

"신자부로, 왜 그래?"

앞을 걸어가던 히데아키가 휙 돌아보았다. 그 모습을 알아챈 요시나오는 눈을 휘둥그레 떴다.

"도, 도련님……."

요시나오의 목소리를 듣고 그가 있는 쪽을 본 히데아키는 이상하다는 듯 눈을 깜박일 뿐이었다.

"아아……, 여전히 아름다우십니다……. 마치 별들의 반짝임을 전부 모아 놓은 것처럼……."

요시나오는 피투성이가 된 얼굴로 눈물을 뚝뚝 흘렸다. 그 창백한 뺨이 붉게 물드는 바람에 잠시 동안 생기를 되찾은 것처럼 보이기도 했다.

아마 환상 같은 거라 생각하는 것이겠지. 요시나오는 히데아키가 있는 사실을 의심스럽게 생각하지 않는 모습이었다.

"죽기 직전에……, 당신을 뵙게 되다니……, 아아, 이렇게 뜻밖의 행운을 얻을 줄이야……."

히데아키는 몸을 떨면서 감격의 눈물을 흘리는 요시나오를 커다랗고 까만 눈으로 뚫어지게 바라보며 침묵하고 있었다.

그리고 문득 신자부로를 바라보며 고개를 갸웃했다.

"신자부로. 이자는 누구지?"

그 칼과 같은 한마디가 간신히 붙어 있던 요시나오의 생명의 등불을 끊은 것처럼 보였다.

요시나오의 얼굴에 절망의 색을 드리우자마자 겨우 들어 올리고 있던 머리를 쿵 소리를 내고 떨어뜨리며 힘이 다했다.

신자부로는 말문이 막힌 채 그 모습을 지켜보았다.

"죽었나?"

히데아키는 무표정하게 중얼거렸다.

"이자도 밤으로 여행을 떠났구나."

"히데아키 님……."

신자부로는 정말 무참하다는 생각이 든 나머지, 저도 모르게 비난의 어조를 띠었다. 바로 얼마 전까지 매일같이 접하던 사람의 얼굴조차도 기억하지 못하다니, 너무나 가혹한 처사였다. 게다가 임종을 앞두고 이런 잔혹한 말을 듣고 말다니.

그건 그렇다 쳐도, 신자부로는 죽음을 밤으로 여행을 떠났다고 표현하는 히데아키를 의아하게 여겼다. 히데아키 본인이 밤에만 사는 나날을 보냈음에도 불구하고 죽음을 밤과 연결시키다니, 대체 어떤 심정일까?

"신자부로, 가자."

"아, 잠시만 기다려 주십시오……. 요시나오의 손이."

숨을 거둔 요시나오의 손은 집념 때문인지, 신자부로의 발목을 잡은 채였다.

"떨어지지 못하겠어?"

"경직되어 버려서요."

쥐어드는 손가락을 떼려고 했지만, 신자부로의 힘으로도 어째선지 잘 되지 않았다. 잘라 낼 수밖에 없겠다는 생각을 하며 허리에 찬 칼에 손을 댔다.

"할 수 없구나."

히데아키는 귀찮다는 듯 몸을 웅크리고는, 요시나오의 손가락을 만졌다. 그러자 이상하게도 금세 관절이 완화되며 꽃잎이 피듯 풀리고 말았다.

"아, 송구스럽습니다."

"자, 가자."

지금 그건 대체 어떤 수법을 쓴 걸까? 분명히 신자부로보다도 힘이 약한 히데아키가 그렇게나 쉽게 그 손가락을 푼 데 당혹감을 감추지 못했다.

어쩌면 요시나오의 손은 마지막으로 히데아키가 만져주길 원하는 마음에 자신을 잡았을지도 모른다. 눈앞에서 일어난 불가사의한 광경에 대해 신자부로는 그런 생각을 했다. 평소의 신자부로였다면 어림도 없는 생각이었지만, 지금은 어림도 없는 일이 연달아 일어나고 있었기에 어쩔 도리가 없었다.

히데아키는 아무 일도 없었다는 듯이 확실한 발걸음으로 나아갔다.

큰방의 맹장지를 열자, 그 바닥에 아래층으로 이어지는 계단이

보였다.

"이, 이런 곳에 비밀 통로가……."

신자부로가 너무나도 놀란 나머지 멍하니 서 있자, 히데아키는 평소처럼 느긋하게 미소 지었다.

"신자부로, 서둘러라. 밖에 말을 세워 놓았다."

히데아키의 재촉에, 신자부로는 아직까지도 이 전개를 따라가지 못한 채 계단을 내려가서 좁은 회랑을 돌아 마침내 성밖으로 나갔다.

이상하게도 주위를 둘러싸고 있어야 할 병사들의 모습은 보이지 않았다. 그저 쭉 늘어선 나무 그늘에 훌륭한 밤색 털을 가진 말 한 마리가 묶여 있었다.

"이걸 타고 같이 도망가자."

히데아키는 손을 끌면서 신자부로가 거절할 거라고는 생각지도 않는 한결같은 눈빛으로 신자부로를 올려다보고 있었다.

물론 신자부로는 아무 생각 없이 고개를 끄덕였다. 이것이야말로 청년이 바라던 일이었기 때문이다.

두 사람은 말을 탔고, 신자부로는 그 어떠한 목적지도 정하지 않은 채 말을 몰았다. 달리는 말 위에서 히데아키는 황홀한 표정으로 신자부로에게 매달렸다.

"드디어 만났구나. 신자부로."

"네……. 하지만 아직까지 믿기지가 않습니다. 왠지 꿈만 같아서……."

"꿈이 아니야."

히데아키는 손을 뻗어 신자부로의 뺨을 꼬집었다. 희미한 아픔이 느껴지자 신자부로도 겨우 정신이 든 듯, 히데아키를 보며 활짝 웃었다.

"아무래도 그런 것 같습니다. 아니, 그런데……, 정말이지, 이상한 일도 다 있네요."

"이상한 일이 아니야. 난 원래 그대를 놓아줄 생각 따윈 없었으니까. 그대가 혼자서 나를 두고 가려고 하길래 이렇게 마중 와준 것뿐이야."

꿈이 아니라는 건 이해했지만, 아무리 그래도 너무나 기묘해서 아직까지 도깨비에 홀린 것 같은 기분이 사라지지 않았다.

히데아키는 그 성까지 어떻게 왔을까? 이 말을 타고? 히데아키는 말을 탈 수 있었던 걸까? 그리고 어째서 그 성의 내부 사정을 알고 있었을까? 외곽 저택에 갇혀 있던 히데아키가 그 성을 찾은 적이 있었다는 건가?

"신자부로……, 쓸데없는 생각은 하지 말거라."

갖가지 의문으로 머리를 굴리던 신자부로는 히데아키의 시원스러운 목소리에 정신이 되돌아왔다.

"쓸데없는 생각 하지 말고 이 하늘을 보거라. 아름답지 않느냐."

확실히 그득한 별로 반짝이며 무척이나 맑은 달이 뜬 하늘은 웅장하고 아름다웠다. 그 푸른빛을 받은 히데아키는 역시 그중에서도 특히 아름다웠다.

"나는 밤을 좋아한다. 이 어둠에 안겨 있으면 마음이 차분해지는 것을 느끼지."

"앞이 보이지 않는 건 무섭지 않으세요?"

"무섭다니? 어째서?"

히데아키는 이상하다는 듯한 목소리로 킥킥 웃었다.

"조금도 무섭지 않다. 모든 것이 햇빛에 드러나 버리는 게 훨씬 무섭지 않나?"

그렇게 듣고 보니 확실히 그런 것 같은 기분이 들었다. 그러나 사람은 본능적으로 어둠을, 밤을 두려워하는 존재다. 귀신과 유령이 나오는 것도 으레 밤이며, 사람은 아무것도 보이지 않는 어둠에 무서운 것이 숨어 있을 거라 상상한다.

하지만 밤을 두려워하는 이유가 보이지 않는 것을 무서워하기 때문이라 치자. 그러면 남에게 보이는 것을 무서워한다면, 그건 즉 낮을 두려워하는 것과 같은 뜻일까?

밤이 아니면 살 수 없었던 히데아키는 존재 그 자체가 사람에게 닿아서는 안 됐던 걸까?

'봐서는 안 될 것……. 만져서는 안 될 것…….'

히데아키의 시중을 맡게 된 남자들은 모두 파멸하고, 타락의 길을 걷게 됐다. 그건 숨겨진 어둠에 ── 밤에 닿고 말았기 때문일지도 모른다.

"신자부로. 피곤하다."

불현듯 히데아키는 떼를 쓰듯 호소했다.

"저쪽에 마침 민가의 불빛이 보이는구나. 저기서 쉬자."

하얀 손가락이 가리키는 방향에 분명 등불이 보였다. 캄캄한 땅거미 속을 달빛에 의지하며 말을 몰았지만, 확실히 여기서 쉬는 편이 좋을 것 같았다.

우뚝 솟은 커다란 검은 문을 두드리며 사람을 불렀지만 아무도 나오지 않았다. 문을 밀어보니 열렸기에 실례한다고 말하며 부지 안으로 들어갔지만, 역시 사람의 모습은 보이지 않았다.

"아무도 없는 걸까요?"

"뭐, 아무렴 어때. 집 안으로 들어가 보자."

마구간이 있어서 그곳에 말을 묶고 주변을 관찰했다. 언뜻 보기에는 별 특별한 것도 없는 부잣집처럼 보였지만, 사람 기척이 전혀 없는 게 이상했다. 게다가 이렇게 산에 둘러싸인 곳에 이 집 말고 다른 불빛은 전혀 보이지 않는 점도 묘했다.

이상하게 생각했지만, 히데아키가 안으로 쑥 들어가는 바람에 신자부로도 황급히 뒤를 쫓았다.

그러자 안에서 히데아키가 감탄하는 목소리가 들려왔다.

"호오! 이건 미혹의 집이라는 건가?"

"미혹의 집이라니요?"

방으로 올라가자, 그곳에는 조금 전까지 가족이 단란하게 있었던 듯한 광경이 펼쳐져 있었다.

화로에는 국이 끓고, 그 주변에는 꼬챙이에 꽂힌 민물고기가 고소하게 잘 구워지고 있었으며, 그 밖에도 꿩구이나 유바 요리, 전복

조림 등, 갖가지 요리와 더불어 술이 든 대나무통까지 놓여 있었다. 게다가 두 사람 분량이 정성스레 놓인 그릇과 젓가락까지, 마치 신자부로와 히데아키가 오기를 기다리고 있었던 것 같은 풍경이었다.

"전에 어떤 책에서 읽은 적이 있어. 북쪽 나라 전승을 엮은 책이었지. 찾아온 자에게 부를 가져다주는, 산속에 있는 환상의 집이라더군."

"환상의……."

환상이라는 말을 들으니, 오늘 신자부로가 체험한 모든 일이 환상처럼 여겨졌다.

아니……, 애당초 환상은 히데아키와 처음 만났을 때부터 계속되지 않았나. 이 도련님의 존재 자체가 환상 같았고, 또한 그에 빨려 들어간 자신도 환상의 일부가 된 게 아닐까?

"이거 참, 고마운 일이군."

히데아키는 방석에 앉더니, 멋대로 국을 그릇에 담아 먹기 시작했다.

"히, 히데아키 님, 위험하십니다."

"위험하지 않아. 꽤 맛있어. 그대도 먹어봐."

"하, 하지만……, 이건 마치 함정 같습니다."

"의심하기 시작하면 끝이 없어. 적어도 독은 들지 않은 것 같구나."

태연하게 국과 밥을 먹는 히데아키의 모습에, 신자부로도 주뼛거리며 젓가락에 손을 댔다.

확실히 독이 든 건 아닌 것 같지만, 아무리 그래도 기묘했다. 환상이 아니라면 이 집 사람들은 어디로 가버린 걸까?

그윽한 향기에 끌린 신자부로는 정신을 차려 보니 잇달아 요리를 먹어 치우고 있었다. 술도 마셨다. 최상의 술이었다. 요리도 모두 고급이었기에, 대체 누가 술안주를 이만큼이나 준비했는지 의문은 점점 깊어져 갔다.

"히데아키 님. 그런데 어떻게 저택을 빠져나오셨습니까?"

"간단했다. 생각을 해봐, 남자들은 다들 전쟁으로 부재 중이었어. 늙은 하녀들을 따돌리는 것 정도는 식은 죽 먹기라고."

"흠……. 그런데 그 차림은?"

"그러니까, 여인 행세를 했다고. 그편이 여러모로 편하니까."

"네. 그렇지만……."

"신자부로, 이제 됐다. 내가 어떻게 그곳을 빠져나왔는지는 중요하지 않아. 중요한 건 지금 여기에 둘이서 있다는 사실이야. 아닌가?"

신자부로는 그러고 보면 그 말대로라고 수긍할 수밖에 없었다.

한때는 칼로 자신의 목숨을 끊으려 했다. 히데아키와 재회하지도 못한 채 그를 혼자 두고 이 세상에서 사라지는 것을 후회했지만, 다른 길이 없었다.

그렇게 각오했는데, 예기치 않게 말도 안 되는 기적이 일어난 것이다.

신자부로는 술을 마시며 어렴풋이 취한 눈으로 허공을 빤히 바라보았다.

“정말로……, 이런 곳에 히데아키 님과 둘이서 있는 게 신기하네요.”

“신기하지만 현실이야. 신자부로.”

히데아키는 그릇과 젓가락을 놓고는, 몸을 스윽 기대며 신자부로의 뺨에 손을 댔다.

“이제 그대는 내 것이야. ……완전히.”

“히데아키 님…….”

“누구도 방해하지 못하게 할 거다. 이곳에는 우리 둘을 갈라 놓을 건 아무것도 없어. 그렇지?”

신자부로는 빨려 들어가듯이 히데아키의 손에 자신의 손을 포갰다.

설마 전부 도련님의 책략이었던 게 아닌가 착각할 정도로 모든 게 너무 잘 풀렸다. 속고 있는 게 아닐까? ……대체 어디부터? 함정에 빠진 게 아닐까? ……대체 어디서?

‘하지만 이제 아무래도 좋아.’

모든 것은 끝났다. 신자부로는 패배했다고 생각했지만, 그렇지 않았다.

신자부로는 히데아키를 쟁취한 것이다. 모반에 가담한 것은 모두 히데아키를 위해서였다. 모반 자체는 실패했지만, 신자부로는 성공했다.

그렇게 서서히 자각함과 동시에 커다란 환희가 신자부로를 감쌌다.

"히데아키 님……. 앞으로 저희는 함께 지낼 수 있을까요?"

"그래, 그 말대로다. 애당초 그 성에 내가 있을 곳은 없었다. 전부 버려도 나에게는 똑같다."

"저도 전쟁터로 향하기 전에 모든 것을 버렸습니다. 그리고 불이 난 그 성에서 쿠라마 신자부로는 죽었습니다. ……지금 이곳에 있는 저는 아무도 아닙니다."

"그대는 신자부로다."

히데아키는 뺨을 상기시킨 채 촉촉해진 눈빛으로 속삭였다.

"나만의 신자부로다."

"……히데아키 님."

두 사람은 끌리 듯이 입술을 가져다 댔다.

오랜만에 맛보는 입맞춤이었다. 몇 번이나 꿈까지 꾸고, 너무도 원했던 체온이었다.

'아아……, 히데아키 님!'

한번 불붙은 신자부로는 멈추지 않았다. 무아지경으로 가련한 입술을 빨고, 치열을 더듬고, 젖은 혀를 마음껏 맛보았다. 히데아키는 달콤한 목소리로 희미하게 신음했다.

"아……, 아, 신자부로."

여자옷을 입은 탓인지, 오늘 밤 히데아키는 한층 요염했다. 신자부로의 격렬한 입맞춤에 황홀해하는 히데아키의 입가가 빨갛게 더럽혀져 있었다. 저도 모르는 사이에 피를 빨렸나 보다. 그러나 흥분에 눈이 먼 신자부로는 이미 아픔조차도 느껴지지 않았다.

신자부로는 갑옷을 벗어 던지고는 울퉁불퉁한 근육에 덮인 나체를 드러냈다. 히데아키도 완전히 알몸이 되어 늠름한 청년의 나체에 매달렸다.

"신자부로. 나는 그대를 줄곧 기다렸다."

"히데아키 님……, 저도 당신만을 생각했습니다."

달아오른 몸을 바싹 맞대자, 딱 달라붙어 녹아들어버릴 것처럼 기분 좋았다.

이렇게 껴안고 있으니 히데아키와 막 떨어져있을 때 의심에 빠져 있었던 일이나 만나지 못하는 하루하루 고통에 몸부림치던 그때가 거짓말 같았다.

따뜻한 화로 옆에서 두 사람은 몸을 포개고는, 히데아키가 걸치고 온 비단옷을 이불 삼아 누웠다. 일일이 소중하게 확인하듯이 안고 싶은데, 몸도 마음도 조급해지는 나머지 아무리 노력해도 성급해지고 말았다.

"신자부로. 나는 환상이 아니니 그렇게 조급해하지 않아도 사라지지 않아."

짐승을 어르고 달래는 온화한 히데아키의 목소리가 신자부로의 뜨거운 마음을 또다시 타오르게 했다.

"히데아키 님……, 히데아키 님! 만나지 못하는 동안 제가 얼마나 당신을 그렸는지……."

"나도 마찬가지야. 그대를 생각하지 않는 날은 하루도 없었다."

히데아키의 차가운 입술이 신자부로의 뜨거운 피부를 타고 오르더니, 언제나 그랬듯 목덜미에 깨물었다.

"앗……, 아아……."

그렇게나 그리던 따끔한 아픔을 느낀 그 순간, 그곳에서 뜨거운 불 같은 쾌감이 솟구치며 온몸이 경련한 나머지 신자부로는 한순간 의식이 날아갔다.

그리고 정신을 차려 보니 벌떡 선 음경의 선단을 적신 상태였다. 히데아키는 신자부로의 배에 정액을 훑으며 눈을 크게 떴다.

"이런……, 피를 빨기만 했는데 사정을 했구나, 신자부로."

"아……, 죄, 죄송, 합니다."

"괜찮다. 그만큼 나를 원했다는 뜻이잖아?"

히데아키는 "사랑스러운 녀석."이라는 말과 함께 웃으면서 청년의 머리를 끌어안고 그 얼굴에 입맞춤을 퍼부었다.

신자부로는 술도 별로 마시지 않았는데 깊이 취한 채 히데아키를 세차게 껴안으며 지치지도 않고 그 부드러운 입술을 빨았다.

히데아키의 혀에서 자신의 피 맛이 났다. 그야말로 그것은 히데아키가 맛있다고 말한 것처럼 마치 꿀 같이 달콤했다.

자신의 피 맛은 알고 있었다. 하지만 이런 맛이 날 리가 없었다. 히데아키가 한 번 마시기만 해도 피 맛이 바뀌는 걸까?

그러나 그런 생각을 냉정하게 하고 있을 여유조차 없었다. 신자부로는 히데아키의 어깨를, 가슴을, 허리를 더듬으면서 정액과 침을 칠하고, 엉덩이 안쪽을 풀어 나갔다.

한시라도 빨리 삽입하고 싶다는 마음에 저도 모르게 난폭해질 것 같은 자신을 억눌렀지만, 그 마음은 히데아키도 마찬가지인 듯했다.

"이제 됐다, 됐어, 신자부로……. 나는 어서 그대를 갖고 싶다."

"하, 하지만……."

"이제 충분하다는 말이다."

히데아키는 허리를 비틀고 다리를 벌리더니, 스스로 그곳에 신자부로의 우뚝 솟은 그것을 바짝 가져다 댔다.

그렇게 하자, 이제 참을 수가 없어진 신자부로는 거친 호흡을 멈추고 천천히 허리를 밀어붙였다.

"흐아, 아……."

히데아키가 달콤하게 신음했다. 가차 없이 조이는 구멍으로 인해 신자부로는 한심하게도 소리를 낼 뻔하면서도 조금씩 음경을 채워 갔다.

'아아……, 이 조이는 느낌은 역시 꿈도, 환상도 아니야. 아아, 그나저나 이 쾌감은…….'

뿌리까지 묻힌 신자부로는 파르르 떠는 히데아키를 끌어안고 뜨거운 숨을 크게 쉬었다. 히데아키의 안은 이를 기다리기라도 한 것처럼 남근에 휘감긴 채 움직이지 않아도 꽉 조이며 정액을 쥐어짜는 듯한 움직임을 보였다.

그 쾌감은 그야말로 도원경. 꿈도, 환상도 아니지만, 히데아키와 이어진 쾌감은 마치 현실이 아닌 듯한 쾌미(快美)의 극치였다.

"히, 히데아키 님……, 아프지 않으십니까?"

"그래……, 괜찮다."

히데아키는 피부 속에 불이 화악 붙은 것처럼 뺨을 붉히더니, 열로 촉촉해진 눈을 황홀해하며 가늘게 떴다. 그 나이 같지 않은 요염함은 아무리 아름다운 아가씨라도 필적하지 못할 만큼 마성의 심연과 같았다. 신자부로는 저항도 하지 못하고 저도 모르게 그 마성의 심연으로 끌려들어 갔다.

"아아……, 신자부로. 나를 채워주는 건 역시 그대밖에 없구나."

하얀 팔다리가 뱀처럼 신자부로의 늠름한 나체에 휘감기더니 관능적으로 허리를 꿈틀대기 시작했다.

"있잖아, 신자부로. 그대는 어땠어? 나와 떨어져 있는 동안 다른 여자를 안았나?"

"설마요! 저에게는 이미 히데아키 님뿐입니다. 다른 사람을 안는 건 상상도 못합니다."

"그렇구나. 참을 수 있었나?"

안을 짓궂게 꽈악 조이는 바람에, 신자부로는 "아아." 하고 애달픈 목소리를 흘렸다.

"이렇게 참을성이 없는 몸으로."

"도, 도련님이야말로……."

신자부로는 벌을 주기라도 하는 것처럼 바싹 허리를 밀었다. 하얀 목이 위로 젖혀지며 길고 촘촘한 속눈썹이 가늘게 떨렸다.

"이렇게 음란한 몸을……, 저 없이 어떻게 처리하셨습니까?"

"그게, 말이야, 신자부로."

히데아키는 입가에 무척이나 이상하다는 표정을 띠운 채 킥 웃었다.

"난 참지 못하고 혼자서 해볼까 생각했어. 하지만……, 하지 못했다."

"혼자서……."

신자부로는 저도 모르게 그 모습을 상상하고는 무의식중에 또 나올 것 같은 본능을 꾹 참았다.

"어, 어째서 하지 못하셨죠?"

"한 적이 없으니까."

신자부로는 눈을 휘둥그레 떴다.

"나는 말이지……, 그대에게 안긴 그때까지 다른 사람과 몸을 섞이는커녕 스스로 만지지도 못했어. 그래서 어떻게 하는지 몰랐다."

"아……, 저, 정말이십니까?"

"정말이다."

히데아키는 미소를 지었다.

"나의 이곳은 언제나 고요했거든. 만지려고 하지도 않았어. 나에겐 그런 기능이 없는 줄 알았다."

"하지만 당신은 처음 제 상처의 피를 빨았던 때도……."

"그때 처음으로 내 음경의 모양이 변했어. 나도 내 것이 그런식으로 변한 모습을 처음 봤다. 짐승의 피를 빨았을 때도 그런 식으로는 변하지 않았는데."

농담을 하는 것처럼은 보이지 않았다.

처지가 처지인 만큼 남과 몸을 섞은 경험이 없을 거라 생각은 했지만, 설마 발기한 적조차 없을 줄이야.

히데아키의 나이를 생각하면 분명 꽤 늦은 편이라 할 수 있다. 하지만 이 도련님은 몸의 발육 자체가 더디었다. 이 깨끗한 몸에는 아직 2차 성징도 오지 않았었을 테니.

'내가 그렇게나 순진무구했던 히데아키 님을 이렇게까지 바꿔버린 건가.'

그렇게 상상하자, 신자부로는 점점 히데아키가 사랑스럽고 얻기 힘든 존재로 생각되기 시작했다. 히데아키는 이렇게 음란하고 탐욕스러운데도 불구하고 여자도 모르며, 누구보다도 순진무구한 것이다. 이 얼마나 상반된 성질을 가진 사람인가.

"나는 말이지, 그대가 아니면 안 돼. 스스로를 위로할 수도 없으니까. 그대는 영원히 내 곁에 있어야만 해."

"물론……, 물론입니다."

신자부로는 히데아키의 입을 열심히 열렬하게 빨았다.

"당신은 제가……, 언제까지고 지키겠습니다."

"아, 아……, 신자부로……."

신자부로는 히데아키의 몸을 오랜만에 꿈결 같은 기분으로 안았다. 그 살갗에서 감도는 달콤한 향기를, 윤기가 도는 검은 머리의 차가운 감촉을, 살결이 고운 피부의 부드러움을, 엉덩이의 열기를, 조임을 처음으로 안았을 때처럼 맛보았다.

"아, 아아, 좋아, 신자부로, 좀 더……."

히데아키는 평소와는 다르게 흐트러져 있었다. 신자부로는 그 엄청난 교태에 눈앞이 유백색 아지랑이가 피는 것 같은, 그야말로 꿈을 꾸는 듯한 기분으로 정신을 잃을 만큼 쾌락에 취했다.

이게 그야말로 '빠진다'는 걸까? 히데아키를 만나지 못했던 고뇌와 의심에 사로잡혀 있던 나날이 정화되어 가는 듯한 느낌이 들었다. 신자부로는 히데아키를 마음껏 느끼고자 능숙하게 허리를 흔들었다.

"아아, 히데아키 님……, 나의 히데아키 님."

어느새 한계에 달했는지, 아니면 어마어마한 윤활제 덕분인지, 삽입 전에 그다지 풀지 못했는데도 허리를 뒤흔들 때마다 질퍽질퍽, 엄청나게 젖은 소리가 났다.

히데아키는 이미 깊은 절정에 빠져 몸을 움찔움찔 떨면서 의식까지 위태로운 상태로 그저 고개를 천천히 저어 댔다.

눈을 흰자위가 드러나게 뜬 채 뻐끔 벌린 빨간 입술 안에서 슬쩍 보이는 작은 혀가 미세하게 경련하며 둥글게 말려 있는 것을 본 신자부로는 히데아키가 평소와 다른 쾌락에 흠뻑 젖어있음을 느끼고, 한층 뜨거운 흥분의 불길에 휩싸였다.

"히데아키 님……, 히데아키 님!"

신자부로는 망가져 버린 것처럼 그저 히데아키의 이름을 부르고 땀을 튀기며 허리를 깊이 쿵쿵 박아 댔다.

"아아, 아……, 하앗."

히데아키는 안을 꿰뚫리는 것을 좋아했다. 신자부로가 힘차게 뒤로 휜 그것을 깊은 곳까지 쭉 밀어 넣을 때마다 히데아키의 몸은 경련하며 배에 정액을 흘렸다.

"히데아키 님……, 어디가 좋으신가요? 오늘 밤에는 당신이 원하시는 대로 듬뿍 찔러 드리겠습니다."

"하아, 아아, 안을……, 깊게, 더, 많이."

"당신은 정말로 깊숙이 꿰뚫리는 걸 좋아하시는군요……."

신자부로는 히데아키의 무릎 뒤에 손을 넣고는 그 몸을 접듯이 꽉 들어 올리더니, 그대로 위에서 커다란 음경을 푸욱 찔러 넣었다.

"히, 이이익……."

히데아키는 죽을 것처럼 비명을 지르며 커다란 눈을 휘둥그레 떴다. 달아오른 채 떨리는 뺨에 금세 뜨거운 눈물이 떨어졌고, 그 피부에서는 단숨에 땀이 뿜어져 나왔다.

"크, 으윽."

녹아들 것 같은 점막이 격렬하게 연동하며 선단을 꽉 잡는 것처럼 미친듯이 조이는 바람에 신자부로도 땀을 흘리며 신음했다.

"아! 하아아……, 좋아, 굉장해, 아아!"

긴장이 풀어져 이성이 끊어진 것처럼 커다란 소리로 헐떡이는 히데아키. 어차피 아무도 없으니 누가 듣지도 않는다. 그렇게 생각하자 신자부로도 거침없이 행동하게 됐다.

"그렇게, 좋으세요? 제 물건이, 그렇게 좋으세요?"

"그래, 좋아, 좋아해, 좋아해……. 하아, 아, 더, 좀 더!"

히데아키는 두툼한 등에 매달린 채 처절하게 아름다운 미소마저 지으며 탐욕스럽게 부르짖었다.

"나는 신자부로를 좋아한다……. 신자부로의 모든 것을 좋아한다. 아아, 쭉 빼지 말아줘……. 계속 이렇게 있어 줘!"

"히, 히데아키 님!"

히데아키의 달콤한 말이 신자부로를 부추겼다. 피로를 모른 채 끈적끈적하게 꿈틀거리는 허리는 히데아키를 쉴 새 없이 기쁘게 했다.

이미 얼마나 이 행위를 계속하고 있는지도 알 수 없었다. 신자부로의 그것은 쇠약해지지 않고 점점 늠름한 모양새로 우뚝 솟았으며, 히데아키는 질리지도 않고 오히려 더 원한다며 청년의 알몸을 힘껏 물고 늘어졌다.

두 사람은 각각 위와 아래가 되어 네발로 기어 다니거나, 껴안은 채 일어나서 몸을 섞으며 근처를 걸어 다니거나 하면서 결국엔 짐승처럼 뒤얽혔다.

한시도 떨어지지 않고 항상 이어져 있었으며, 신자부로는 어딘가에서 피를 흘리며 히데아키를 기쁘게 했다.

"히데아키 님, 연모합니다, 히데아키 님……."

"그래, 신자부로, 나도……, 아, 아."

이윽고 장지를 열어젖히고 밖으로 굴러 나가서는, 두 사람은 달밤 아래에서 사랑을 나눴다. 신자부로는 히데아키의 기쁨에 젖은 눈물을 핥으며 그 아름다운 안구에까지 혀를 놀리자, 히데아키는 가는 목소리를 내며 정액을 뿌렸다.

서로의 것을 몸을 거꾸로 하고 빠는 사이에 흥분한 히데아키가 이윽고 신자부로의 음경에 이를 세워버리자 청년은 아픔과 너무 강한 쾌락의 충격에 어마어마한 정액을 내뿜었고, 히데아키는 그 정액을 남김없이 다 마셨다.

두 사람은 피와 정액과 땀으로 범벅이 되어 갖가지 자세로 몸을 엮으면서 언제까지고 서로 껴안고 있었다.

그 사이에 신자부로는 아무리 지나도 밤이 밝아 오지 않는 사실을 깨달았다.

밤은 쭉 계속됐고, 영원한 어둠이 언제까지고 펼쳐진 채 밝아 오지 않는 컴컴한 천막 같은 하늘에 보름달이 떠 있었다.

신자부로는 그 변치 않는 아름다움에 이유 없이 눈물을 흘렸다.

'이 세계는 정말로 환상일지도 모르겠구나.'

혹은 사실 자신은 그 성에서 죽었고, 히데아키와 함께하는 행복한 꿈을 꾸고 있는 걸지도 모른다.

아니면 도련님은 몇 번의 밤을 보내면서 진짜 귀신이 되어버린 것일까? 그래서 신자부로까지 사람이 아닌 귀신의 길로 데리고 간 걸까?

그러나 뭐가 진실이든 신자부로는 이미 상관없었다.

하늘이 있고, 달이 있고, 히데아키가 있다. 청년은 이제 그것만으로도 좋았다.

그리고 어느새 자신이 히데아키와 마찬가지로 낮의 빛보다도 밤의 어둠을 기분 좋게 여기게 되었다는 사실을 깨달았다.

청년은 결국 자신은 진정으로 히데아키와 같은 존재가 되었다며 순수하게 환희했다.

이제 아무도 두 사람을 가를 순 없었다.

"신자부로……."

히데아키가 가는 팔을 크게 벌리며 신자부로를 감싸 안았다.

신자부로는 그저 행복한 미소를 띠우며 그 하얀 몸 안에 파묻혀 갔다.

창백한 얼굴을 한 그윽한 달만이 이 짐승들의 연회를 바라보고 있었다.

그 이후로 두 사람의 모습을 본 자는 없었다.

후기

안녕하세요. 마루키 분게입니다. 마지막까지 읽어주셔서 고맙습니다.

이 이야기는 처음에 편집 담당자분께서 인간이 아닌 세계라는 테마를 주셔서 생각하게 되었습니다. 엄밀하게 말하면 인간이 아닌 세계라 해도 되나 싶지만, 결과적으로는 인간이 아닌 세계에 어울리는 분위기가 된 것 같습니다.

이번에는 여왕수라고 할까, 도리에 어긋나는 짓만 하는 수인데요. 공도 꽤 거만하기 때문인지 괴롭힘을 받는다는 느낌은 그다지 없는 것 같네요. 제 작품에서는 매번 있는 일이긴 하지만, 두 사람 다 비뚤어진 성격이고, 드라마 '기묘한 이야기' 같은 이야기지만 일단 제 안에서는 순애랍니다.

시대물은 역시 인간이 아직 신분이라는 것으로 나뉘며, 사람의 목숨이 평등하지 않았다는 점, 평균 수명도 짧아서 죽음이 일상에 가까웠던 점이 애초에 무대 설정을 드라마틱하게 만들어주기 때문에 찰나의 사랑, 격렬한 사랑이 탄생하기 쉬워서 쓸 때 무척 재미있어요.

작품 속에 곧잘 '귀신'이라는 말을 쓰는데 옛날에는 그런 존재가 사람들과 보다 밀접하지 않았을까 상상해봅니다. 왜냐하면 옛날에는 현대와 같이 전기가 없었고, 가로등도 물론 없었어요. 그래서 밤에 촛불을 꺼버리면 달빛과 별빛이 닿지 않는 곳에서는 진정한 '어둠'이 찾아오죠.

저를 포함한 현대인은 분명히 진정한 어둠을 모를 거예요. 옛날에는 그곳에 뭔가가 있을 거라 쉽게 상상할 수 있는 '귀신'이 사는 어둠이 있었을 겁니다. 그런 밤을 상상하면서 이 이야기를 집필했습니다. 보이지 않는 존재는 무섭지만, 그만큼 사람의 마음을 끌어당기는 존재이기도 하다고 생각합니다.

마지막으로 이 책을 구매해주신 여러분, 섬세하고 아름다운 그림을 그려주신 사마미야 아카자 선생님, 기분 좋게 일하게 해주신 편집담당 M님, 정말로 감사드립니다.

또 어딘가에서 만날 수 있기를 바랍니다.

요괴의 연회

초판 1쇄 인쇄 / 2020년 2월 11일
초판 1쇄 발행 / 2020년 2월 21일

지은이 / Bunge Maruki
일러스트 / Akaza Samamiya
옮긴이 / 심이슬
펴낸이 / 오영배
편집진행 / 조혜영, 김은경, 오정인
책임편집 / 삼양코믹스 일본만화 편집부
디자인 / 전미선
펴낸 곳 / (주)삼양출판사

주소 / 서울 강북구 도봉로 173 캠프 6층
편집부 전화 / (02) 980-2140
영업부 전화 / (02) 980-2112
FAX / (02) 983-0660
등록번호 / 제 9-46호
등록일자 / 1999년 3월 11일

ISBN 979-11-283-9797-4 03830